父と母の在宅介護 15 年のつぶやき

―両親の終わり方を
　　　　ありのままに日記につづりました―

稲生知恵子

湘南社

はじめに

　「終わり方」を母が示してくれたことで、突然の医師からの言葉にも、病によって会話ができなくなっても、私達は悔いの残らない選択をし、看取ることができました。

　ここでは父の病をさかのぼり、母の遺書から逝くまでの15年間の心模様をつづっています。
　病の経過については、同じことの繰り返しと飽きられそうですが、進行していく姿を割愛することができず、老いていく姿も重ねて、介護生活の奮闘をありのままに載せました。

　しかしながらそれでは、エピソードが絞りきれていないと、最初の出版社では断られてしまいました。
　おっしゃる通りですが、そこを省かず押し通して本にした理由は、病と老いに向き合うと、生きることに迫られる選択が多いことを知ったからです。無論ウチの家族の話であって、ありようは十人十色です。
　要は「あなただったら、どうされますか」と投げかけたいのです。

　重い話ですが、誰にでも訪れる「死」について、大切な人の「終わり方」を、今話し合ってほしいという一心のほかありません。
　ただただ、それをお伝えしたくて執筆しました。
　つたないものであり、偏った見解や内容になっているかもしれませんが、どうか最後までお付き合いください。

＊役職であるケアマネージャー、ヘルパー、療法士、看護師の方に「さん」

を本文では添えていませんが、尊敬と親しみの気持ちがあることを最初にお伝えしておきます。

＊介護保険法は３年毎に制度改正が行われます。

　両親をみているときとは時間のズレや介護保険・介護サービスから消費税等にも違いがあり、現在と食い違う点もあるかもしれません。

　あくまでも目安としてご容赦ください。サービスをご利用される際には、必ずご確認をお願いいたします。

稲生知恵子

父と母の在宅介護15年のつぶやき
―両親の終わり方をありのままに日記につづりました―

目次

はじめに ……… 3

父

平成10年〜16年6月7日　―父の終わり方― ……… 11
平成10年／平成12年／父、入院／急変・肺炎／父、亡くなる／翌日、前夜祭／告別式／千の風になって

母

平成15年11月〜16年6月　―遺書から始まる― ……… 19
母、71歳／母の遺書

平成18年1月〜12月　―思い出の地へ― ……… 20
母、74歳／体調の変化

平成19年1月〜12月　―糖尿病と介護支援― ……… 21
母、75歳／インスリン療法／包括支援センター相談／介護認定／白内障手術／ヘルパー利用／夜間はポータブルトイレ

平成20年1月〜12月　―1人ではみきれない― ……… 30
母、76歳／パーキンソン病疑う／転倒→救急搬送／引越し案

平成21年1月〜12月　―加齢のせいなの？― ……… 35
母、77歳／引越し／ケアマネと相談／室内手すり／発汗症状／CT検査／Eクリニック受診／手の震え／4点杖

平成22年1月〜12月　―難病（パーキンソン症候群）に向き合う― ……… 42
母、78歳／転倒続き／転倒以外にも…／イライラ…自己嫌悪／車椅子／仕事納め／転倒→救急搬送→入院／パーキンソン病の説明／リハビリ病院希望／リハビリ病院見学／微熱・吸引／転院／肺炎の

おそれ／パーキンソン症候群／リハビリ／胃ろう処置拒否／難病申請／介護認定／要介護認定5／早朝バイト／退院後についての話し合い／ソーシャルワーカー面談／半日帰宅／院内（ベッドから）転倒／福祉用具貸与／療法士さんと…／退院／担当者会議／要介護認定4／訪問リハビリ／山口先生との出逢い／認知症？

平成23年1月～12月　―母と娘の葛藤―　……… 72

母、79歳／自宅にて週2回入浴／眼球運動障害／ケアマネ相談／早く死ねば1／脱水症状／低血糖症状／東日本大震災／計画停電／全身に汗／半年ぶりの歯科検診／気分転換・花屋／仕事前に…／花屋手伝い開始／乳がん再検査／父の墓参り／血糖値上がる／ヘルパー遅刻／受け入れ施設⁉／スプーン（自助具）／頻尿・発汗症状続く／ショートステイ説得／感情の乱れ／早く死ねば2／リクライニングチェア／担当者会議／症状の進行／ショートステイの初利用／私の休日／睡眠剤／言語聴覚士訪問／ショートステイ2回目／パーキンソン病…精神（心）にも／お楽しみ弁当

平成24年1月～12月　―娘が思う母らしさ―　……… 103

母、80歳／尿失禁増える／童謡歌う／しりもち／ショートステイ3回目／おなら1／症状の変化／介護実習参加／ヘルパー活動開始／無自覚性低血糖／検査入院拒否／生前葬思いつく／ショートステイ4回目／家族葬と生前葬の提案／リハビリ計画／めまい・ストレス？／関節の拘縮／デイサービスの話し合い／タクシー移動困難→訪問診療？／念願の水族館／症状の低下／デイサービス見学・お試し／母の幸せは？／デイケア最終日／ショートステイ5回目／デイサービス初日／山口先生訪問診療承諾／ミキサー食／ショートステイ6回目／生前葬／下北沢教会にてお別れ会／訪問看護師の依頼／姉宅にて入浴／点滴開始／通販カタログ／点滴最終日・床ずれ対策／体重33kg／笑顔の丹下さん／訪問入浴介護はイヤ／下痢の症状／早く死ねば3・虐待？／体重30kg／エンゼルケアとは？／最後

のクリスマス・イブ／母親に感謝する日

平成25年1月〜11月　―母の終わり方― ……… 160

母、81歳／ヘルパーの仕事復帰／苛立ち／花屋閉店／おなら2／口腔ケア／本を書きたいと…／食べたい物は？／姉の詩／微熱／吸引しますか？／ポータブルトイレ移乗は奇跡・リスク／緊急対応相談／体重21kg／葬儀屋へ相談／ポータブルは1日3回まで／母の心の声／眼球運動障害2／排尿量チェック開始／寝られていますか？／着替え困難／完璧な介護をやめる／かまって／リクライニング式車椅子／体位変換ベッド／朝はぎりぎりの支度／測定エラー／ポータブルトイレ限界／体重19kg!?　レベル低下／根性見せる／最後まで母らしく…／会わせたい人がいたら…／山口先生へ思いを伝える／口から痰？／最後の日／死亡確認／警察官とのやりとり／葬儀屋到着／前夜祭（家族葬）／告別式／火葬／納骨式／島根へ／散骨／好条件と遺書

あとがき ……… 223

丹下万由美さんより〜

最後に

参考文献 ……… 230

イラスト＝稲生知恵子

ヘビースモーカーだった父は、よく咳をしていた記憶がある。

平成10年～16年6月7日　－父の終わり方－

平成10年

　父は、その咳を結核と疑いK病院を受診するが、結果は「肺気腫」と診断された。肺に無数の穴が開き息を吸い込むことが困難になる病らしく、在宅酸素療法という選択しかないそう。

　自宅に酸素器を設置し、そこからチューブを伸ばして鼻に装着させ、酸素を吸うという生活が始まった。

　外出時には、携帯用酸素ボンベをカートに乗せて引いて歩く。

　タバコはやめられても飲むことはやめられず、近所の酒屋でビールケースに座り込み、友人と一杯やることが楽しみだったよう。

平成12年

平成12年4月

　介護保険制度が始まり、よりよい生活をと母が申請するものの、父は「非該当者（自立）」とみなされ、介護が必要ないと判断された。

　父の場合、少し動くだけで息切れはするが、体に麻痺などはない。

　たとえ病であっても、日常生活に支障がなければ、介護サービスは受けられないらしい。

平成 16 年 5 月

　気圧の不安定なせいか、毎年梅雨に入ると、発作のような咳が出やすくなるよう。あれほど大好きなお酒が飲めなくなり、自ら「病院にいると安心するから入院したい」と言った。
　主治医に診ていただくと軽い脱水症状がみられ、入院許可が得られた。

父、入院

　それから 1 週間、顔を強ばらせた父が「死ぬのが怖い」と言った。
「脱水症状で入院しているのに死ぬわけがないじゃん」と笑い、まったく取り合わなかった。
　病室を出ると、主治医に呼び止められ「常に寒いと訴えられていますが、何も異常はみられません。精神科に診てもらうといいかもしれません」「ここは、長期の入院施設ではありませんので、次の病院を探しておいてください」とのこと。

「死」の話をする父と、精神科受診を勧められたことで、少し動揺するが母には余計なことは告げず、転院先を決める時期らしいとだけ伝える。

　自宅から更に近い病院を見学し、ここへ転院することを決めた。
　兄へは連絡したが、姉には転院してから報告するつもりでいた。
　なぜなら、嫁ぎ先が自営業で義両親とも同居し、3 人の子育て中であったため、心配をかけたくなかった。

　2 週間目に入り、今度は穏やかな顔で「死ぬのが怖くなくなった」と言われ、「はいはい」と軽くあしらい笑った。
　しかし、「夜中になると汗をかいて着替えるのに一苦労するから、夜だけ泊まり込んで欲しい」と頼まれた。
「そういうときはナースコールを押して、看護師さんにお願いすればいいの」とつれない返事をしたが、父の性格からすると、きっと言い出せないだろうと思われ、ナースステーションへ立ち寄りその旨お願いをして帰った。

このとき、入院したことのない私には、夜の不安や孤独を理解してあげることができなかった。

　翌日、笑顔は見られるものの、気力や話す言葉にも力がないよう。
　何やら胸騒ぎを感じて姉へ連絡する。
「ちょうど今度の定休日は、横浜開港記念日で学校もお休みだから、子供達も連れて行くね」と言ってくれた。

6月2日（火）
　姉家族がお見舞いに来てくれた。
　私は同席できなかったが、その夜、「今にも死にそうな姿に驚いちゃった。なにかできることがあったら言ってね」とメールがきた。

6月3日（木）

急変・肺炎

　翌朝「容態が急変しました」と病院から連絡があり、自転車で駆けつけると、病室から慌ただしく看護師が出入りしていた。
　そのうちの1人が私に気づき「今は落ち着いています。酸素マスクを自分で外してしまったようです」と教えてくれた。
「人騒がせな」と一安心したところへ母が到着する。
　主治医に呼ばれ、レントゲンを見せられた。
「肺炎にかかっています。もしもの時は延命しますか」と聞かれ、「しません」と私が即答する。
　あまりの早さに「どうして？」と聞き返された。
　元々痩せている父だったが、この時の体重は、34kgを切っていた。
「こんなに痩せてしまい、これ以上頑張らせなくていいと思っています」と答えてから、母を見ると頷いていた。
　それ以上、主治医は何も言わなかった。

　在宅酸素療法から6年目。
　適切な言葉ではないかもしれないが、要はこれまで人工呼吸器を付け

ていたことと同じように思われる。
　常にチューブを鼻に装着させ、ときに口にくわえ、背中を丸めて「ふーふー」と息苦しそうにしている姿を見てきている。
　これ以上、何をして延命するというのだろう。
　それすら聞かず「少しでも生きていて欲しい」と言わなかった母と私は、冷たい家族に見えたかもしれない。
　きょうだいと親戚へ連絡を入れた。

6月4日（金）
　近郊に住んでいる父のきょうだいが、早々に駆けつけてくれた。
　夕方、仕事先に「今夜がやま」と母から連絡が入り、病院へ直行すると、すでに個室へ移動されていた。
「お父さん」と呼び掛けても、反応は返ってこないが呼び続ける。
　母と私は泊まることにしたが、姉は「帰る」と言う。
「今夜がやま」と言われているのに、と思いながら背中を見送った。

　看護師が定期的に、血圧と酸素量を調整しに来てくれる。
　母を簡易ベッドへ休ませ、私は父の手を握り、胸に顔を乗せていると、上下する一定のリズムが心地よく、うとうとしてしまった。

　胸の動きが大きくなることに気づき、ナースコールを押してから母を起こす。その「時」が来たのだと思い、泣きながら病室を出て、姉と兄へ連絡する。
　延命は何もされず、当直の先生と看護師、母と私が見守る中、日付が変わってから静かに息を引き取った。
　用意していた服に着替えさせているところへ、義兄と姉、兄が到着。
　父に触れた姉が、「まだ温かい。なんでさっき帰ったんだろう」と悔やんでいる。「こうして義兄さんを父に会わせるためだったんじゃない」と声をかけると、少し納得したようだった。

父、亡くなる

人の死に立ち会ったのは、これで2度目。

私が中学3年のとき、病室にて祖父を家族で見守るなか、とても穏やかで静かに逝った姿が、今この瞬間だぶって見えていた。

契約していた互助会へ母が連絡を入れ、今後の日程を打ち合わせる。

それから3時間ほど寝られただろうか。

いつもの時間に起き、母に「仕事へ行ってもいい？」と聞くと頷いた。

式場は、自宅から徒歩3分程の公民館を借りられた。

夕方、家族会議をし、遺影や祭壇を選び、オードブルのサンドイッチは、私がバイトしていたパン屋さん、お酒は父がお世話になった酒屋さんにお願いしながら、詳細をノートに書き出していく。

翌日、前夜祭

6月6日（日）

前夜祭（通夜）。祭壇には、彩りのいい花をアレンジしてもらい、脇には、父との思い出の写真をスクラップして飾った。

従兄弟や兄の職場の方々には誘導係をお願いし、姉の友人には受付と会計を手伝っていただいた。

父の将棋相手や草野球仲間、飲み友達も参列してくださった。

久しぶりに顔を合わせる友人や知人、親戚には、もう涙ではなく笑顔が見られた。

生前、葬儀の話などしたことはなかったが、いったい父はどんな葬儀を願っていたのだろう。今、お酒を追加するほど盛り上がっているここは、まるで宴会場のよう。

この賑やかさを一番喜んでいるのは、父であろうと思うしかない。

告別式

6月7日（月）

告別式。諏訪鋭一郎牧師先生から父の生い立ちや生前の話を語っていただき、皆で讃美歌を歌う。親戚からも思い出を語ってもらい、最後に

棺へ、ありったけの花を添えた。

　急であったが、母を中心に、一つ一つ相談して決めた通りに事が運んだ。

　式を終え、裏方で進行してくださった葬儀屋の方から、「心温まる式でした」との感想をいただき、父への孝行が出来たと安堵した。

　しかし、それは私の自己満足だったのだろうか……。

　入院してから23日間、父は「死の葛藤」から「受け入れ」までを、短い期間で呆気なく終えてしまった。私はその様子を見守ることは出来たが、姉は突然の出来事に困惑しただろう。

　「なんでもっと早く知らせてくれなかったの」「色々と聞きたいことがあったのに。してあげたかったのに」と。

　そういう思いはあっただろうが、何も言われていない。

　それはそれで責められているようにも感じられる。

　恐る恐る、姉の心境を尋ねてみると、「聞いたところで何もしてあげられなかったと思う」「家族でお見舞いへ行かれたあの日は、奇跡だったよね」と笑顔で語ってくれた。

　姉の孝行は、家庭を持ち、子供3人を授かったことで、父をおじいちゃんにさせてあげられたことのよう。それぞれに与えられた役割と孝行の仕方も違うのだとわかり、心が救われた。

　「忌明け」の挨拶とともに、母が選んだお返し品は「千の風になって」という本であり、納骨の際、この詩を朗読していた……。

千の風になって

　　　　私のお墓の前で　泣かないでください
　　　　そこに私はいません　眠ってなんかいません
　　　　千の風に　千の風になって
　　　　あの大きな空を　吹きわたっています

　　　　秋には光になって　畑にふりそそぐ
　　　　冬はダイヤのように　きらめく雪になる

朝は鳥になって　あなたを目覚めさせる
夜は星になって　あなたを見守る

私のお墓の前で　泣かないでください
そこに私いません　死んでなんかいません
千の風に　千の風になって
あの大きな空を　吹きわたっています
千の風に　千の風になって
あの大きな空を　吹きわたっています

あの大きな空を　吹きわたっています

　　　　　　　　　作者 不明　　日本語詞 新井 満

母 平成15年11月〜16年6月 —遺書から始まる—

母、71歳

母の遺書

平成15年11月（71歳）

　初めて遺書を見せられた。
　［No.1］
「故人の遺志により、葬儀は近親者のみで行う。
　弔問は辞退する。
　尚、延命治療はしない。
　尚、散骨にする。
　場所は、大社（島根県）の海を希望する」

　広告ハガキの裏に書かれていたものを差し出され、まだ元気だった父は激怒していたが、私はこんな紙で通用するのかと笑ってしまった。

平成16年1月5日（72歳）

　自身の誕生日に書いた遺書。
　［No.2］
「これから、母 ナオエの告別式を始めさせていただきます。
　ひとつ前もって、ご了承いただきます。
　母は生前、墓も葬儀もしないともうしていたので、その希望に添って、ごく親しい方々とお別れをして欲しいとのことでした。
　母 ナオエにふさわしい、旅立ちを応援する会にしたいと思います。
　悲しみを越えて、楽しい思い出話になれば、母も心おきなく天国へ行かれると思います。
　皆さんで送ってくださるよう、お願い申し上げます。

　　　　　　　　　　　　　　　子供一同 」

　自分の葬儀の喪主になるであろう兄に読ませる文章を、便せんに書いてよこしてきた。この突拍子もない遺書を、苦笑いして受け取った。

6月

父が亡くなったあとに書いた遺書。

[No. 3]

「もし病気になっても、延命はしないこと。

　子供達へ、以上の点をよろしく。

　P.S.　故人の遺志により、近親者のみで葬儀を行う。

　散骨は、大社の海へ」

今度は絵ハガキに書かれていた。規定も効力もないことは一目瞭然だが、母の頑固たる信念を見せられた。

平成18年1月～12月　―思い出の地へ―

1月

74歳の誕生日を迎えると、少しずつ体の変化がみられるようになる。

父が亡くなってからこの2年間で、体重は約58kgから40kgまで減少していたが、単純に糖尿病であったため、毎日寒天を食べている様子から、ダイエットの成果だと思われた。

母、74歳　体調の変化

また、気づくと玄関に見慣れない杖が立て掛けてあることに驚いた。歩行の不安を感じ、自ら介護販売店にて購入したとのこと。

外出時には、両手があくようにと、リュックサックを背負う姿も見られるようになった。

次第にその老いを薄々と感じられるようになり、一緒に遠出できるのは、これが最

後になるのでは…と予感し、思い出の場所へ連れて行くことにした。

4月
　兄と私が生まれ育った吉祥寺、井の頭公園へ桜を見に行く。
6月
　母が友人とアジサイを見に行ったという鎌倉へ行く。
10月
　姉と3人で、父の故郷広島県と、母の故郷島根県へ行く。
　岡山県へも立ち寄り、母の妹由香さんとも再会する。
11月
　私達が幼い頃、親戚一同で登った、高尾山の紅葉を見に行く。
12月
　下北沢の教会へ、キャンドルサービスに出席する。帰り際に、長年使用した上履を持ち帰ると言いだした母の真意を、瞬時に理解することができた。意思は強く、牧師先生が取り持ってくださっても、置いておこうとせずに持ち帰った。

平成19年1月〜12月　―糖尿病と介護支援―

1月
　75歳の誕生日を迎える。調子が悪いなどと言ったことのない母が、布団の上げ下ろしの際、腰の痛みを感じられると訴えた。
　世田谷で整形外科専門医三宅毅先生のもとで働いていた私は、母のことを相談すると、受診を勧められた。近所の病院でレントゲンを撮ってもらうと、「加齢によるものです。コルセットを装着しましょう」と言われ、体に合わせてコルセットを作成してもらったが、トイレへ行くたびに外すのが面倒だからと言い、1日しか使用しなかった。

　ベッドを購入すると寝心地がいいのか、寝てばかりいる姿がたびたび見られるようになる。

母、75歳

買い物や散歩へ誘っても「疲れる」「だるい」「しんどい」と言っては断られるが、怠けているとしか思えず、嫌がる母を強引に連れ出す。

世田谷の仕事とは別に、リラクゼーションマッサージの仕事も掛け持ちをしている私だが、そこの同僚のお父さんも糖尿病であり、まるっきり同じことを言っていることがわかった。お母さんが食事療法をしているというのに、お父さんは散歩の途中でファーストフード店へ立ち寄ってしまうらしい。

母もまた体重は減少していたが、リバウンドするほどの勢いで食べている姿に心配になる。

もう1つ気になる点は、父を介護するために仕事を辞め、長期療養でストレスを溜めた影響を受けて、今でも血糖値*を上げたままになっているようにも思われた。

いずれにせよ、生活習慣病による糖尿病なのだから、怠けさせてはいけない思いから「寝てばかりいない」「歩きなさい」「間食しない」と、さんざん怒鳴った。

＊血糖値＝血液中のブドウ糖の濃さ。

2月

兄の紹介でA内科クリニックを受診すると、母は糖尿病は糖尿病でも1型と言われ、とにかく毎日注射を打たなければならないからと、その場でインスリン*注射を渡され、取り扱い指導を受ける。

食事制限については、1日1,200カロリーと言われたが、年齢的にあまり神経質にならなくてもいいとのこと。

近所の病院でも、このような説明を受けていたのかもしれないが、これまで母に関わってこなかったため、悪化してから現状を知った。

インスリン療法

◇情報◇　糖尿病1型と2型

- 1型はすい臓からインスリンがまったく、あるいはほとんど分泌されない状態。インスリンはすい臓のβ（ベータ）細胞というところから分泌されるが、なんらかの原因でβ細胞が破壊されているため、通常のインスリンが分泌されない。1型の場合、過食や運動不足といった生活習慣は発症に関係なく、治療はインスリン注射を打つことが中心となる。子どものころに発症することが多いが、大人になってから、ときに高齢でも発症することがある。
- 2型糖尿病の場合は、遺伝的に発症しやすいタイプの人がいる。遺伝的素因に過食や運動不足などの生活習慣の乱れや、肥満、強いストレスなど加わると発症する。

＊「インスリン」＝血糖値を下げるホルモン。

4月

　インスリン治療を開始してから2ヶ月になるが、血糖値もヘモグロビンA1c（エーワンシー）＊も安定しないのは、青木先生いわく、母がうまくインスリン注射を打てていないようだと。

　翌日からは私が、血圧測定と血糖値測定、インスリン注射を手伝うことにする。

　しかしながら、お腹の脂肪をつまみ、「打つよ」とビビりながら、打たれる母も恐かったろう。安定した日常生活を過ごすために、必要とされる行為なのだが、何度やっても慣れることはないだろう。

＊ヘモグロビンA1c（エーワンシー）（HbA1c）＝過去1～2ヶ月間の血糖値の平均を反映。HbA1c国際標準化は、2012年4月からJDS値がNGSP値に変更された。

この頃から、膝や頬にアザが見られるようになり、母に尋ねると、部屋の中で転ぶことが多くなっているらしい。
　つい大きな声で「慌てなくてもいいんだから気をつけてよ」と、ありきたりな言葉しか掛けられなかった。
　転倒も心配だが、やはり低血糖*も心配だった。
　これが起きると意識がもうろうとし、命にかかわる場合もあるからだ。

　＊「低血糖」＝疾患・原因には様々なものがある。最も多いのが糖尿病の薬物療法に伴うもので、インスリンの過剰な状態になった時に低血糖になる。糖尿病でインスリン治療や経口血糖降下剤投与を受けている人が、食事を抜いたり激しい運動をしたりすると、薬が効きすぎて血糖が下がりすぎる。

　母には、様子がおかしいと思ったら、血糖値を上げるため、すぐにブドウ糖の飴や携帯用ゼリー、ジュースを口にするように伝えている。
　症状のないときも口にしているようだが、あまりキツく細かいことは言わなかった。

7月
「右肩が痛い」と言うようになり、マッサージをしてあげるようになった。
　また、「見えない」と言うことも、しばしば聞くようになり、どちらも糖尿病が原因なのかもしれない。相変わらず新しいアザが見られる。そして、台所で転んだ瞬間を目撃した。
　別の日には、包丁を落とした場面に出くわせたことで、一切の調理を私がすることになった。
　日中、1人で過ごさせていることが不安になり、地域包括（ほうかつ）支援センター*へ相談に行った。

　＊「地域包括支援センター」＝高齢者が住み慣れた地域で安心して暮らせるように、介護、保険、医療、福祉などのさまざまな面から総合的に支援を

包括支援センター相談

行う機関。市区役所内、または地域の介護関連施設内などに設置されている。

　高齢者が利用できる公的サービスの総合窓口となり、保健師、主任ケアマネージャー、社会福祉士が業務にあたる。

　今回、ケアマネージャー*に相談するように言われた。
　センターで紹介してもいいし、自身で心当たりがあるならば、そちらで決めてもいいとのこと。
　迷わず村石美智子さんが、頭の中に浮かんだ。
　さかのぼること平成8年、私はヘルパー*2級（現在：介護職員初任者研修）を受講した。村石さんとは同期生であり、卒業後も同窓会へ参加しては、情報交換をしていた。そこでケアマネージャーの資格を取得されたと聞いていたことで、すぐに依頼することができた。
　しかし、介護老人福祉施設に勤めていた母のプライドを思うと、ケアマネージャーを紹介することは不安であった。介護していた側から、される側の立場になることを受け入れてくれるのだろうか……。

　*ケアマネージャー（介護支援専門員）＝利用者や家族の心身状況や意向に応じて適切なサービスが利用できるように、居宅サービス計画（ケアプラン）の作成をしたり、個々のサービス事業者との利用の調整を行う。

　*ヘルパー（訪問介護）（ホームヘルプ）＝利用者の自宅を訪問して、食事や排せつの介助、衣類の着脱や身体の清拭などの身体介護や、掃除、洗濯などの生活援助を行うサービス。
　自己負担の目安（1割負担の方を例とした横浜市の場合）は、利用時間で異なるが、①身体介護中心利用の場合、184円〜628円、90分以降は30分ごとに89円がかかる。②身体介護に引き続き生活援助利用では、75円〜224円。③生活介護中心の利用では、204円〜251円。

　初対面である村石さんに緊張気味の母だったが、私の知り合いということで面談はたわいない会話から、今日の日付や今の季節、生年月日を

尋ねられたり、食事は1人で食べられているか、立ち上がりは出来るかなどを聞き取られていた。

また、家族側から心配している点や困っている点なども聞かれ、村石さんとのやり取りはスムーズに終えられた。

後日、市役所から介護認定調査員が自宅を訪ねて来られた。

村石さんと同じ内容の聞き取りに加えて、日常生活にケアが必要な状態であるかや心身の状態などもチェックされていた。

要介護の認定をもらうには認定調査とは別に、主治医による意見書も必要となる。

それは糖尿病を診ていただいている青木先生にお願いすることにした。

できれば、かかりつけ医は近所であるほうが望ましいが、病も介護も長丁場となるため、関係性のいい先生になっていただいた。

そして今回のやり取りで必然的に、私がキーパーソン*となった。

＊キーパーソン＝ものごとの鍵(キー)を握る人物(パーソン)、中心となる人。利用者当人の意向を中心に家族など関係者の意見等を調整し、サービス提供者と協働して問題解決やサービス利用をはかっていく役割を担う人物をいう。

◇情報◇　要介護認定調査の上手な受け方

調査当日はできるだけ家族が立ち会い、親子の普段の様子を見てもらうように心がける。できることよりも、できないことを把握してもらうのがポイント。また、介護の手間を説明する場合は、どんな手間がどの程度発生しているのか、具体的な内容と頻度を伝える。

8月

要介護1と認定され、村石さんにケアプラン*を作成していただく。

幾つかのデイケアを見学させてもらい、嫌がる母を村石さんと説得し、週1回のデイケアへ通わせることになった。

介護認定

＊ケアプラン＝本人に残された機能を活用して、生き生きと暮らすにはどうすればいいのかを提案。それを具体化したものがケアプラン。

＊デイケア（通所リハビリテーション）＝心身の機能の維持・回復のために主治医が必要と認める場合に、介護老人保健施設、病院・診療所に通い、リハビリを受けるサービス。
　自己負担の目安（1割負担の方を例とした横浜市の場合）は、1日あたり6時間以上8時間未満利用で790円～1,438円（送迎サービス費用込み）と、食費や日常生活費がかかる。入浴サービスを利用した場合は1日あたり55円加算される。このほか、集中的リハビリや栄養改善サービス、口腔機能向上サービスなどの利用で加算がある。

◇情報◇　要介護度の心身の状態イメージ
- 要支援1　日常生活機能の一部がやや低下しており、介護予防サービスの利用によって改善が見込まれる状態
- 要支援2　日常生活機能の一部に低下が認められるが、重い認知症がなく、心身の状態も安定している。介護予防サービスを利用することによって改善が見込まれる状態
- 要介護1　日常生活機能の一部に低下が認められ、心身の状態が安定していないか、認知症により部分的な介護を要する状態
- 要介護2　立ち上がりや歩行などが自力では困難で、排泄や入浴などで一部介助が必要な状態
- 要介護3　立ち上がりや歩行などが自力ではできず、排泄、入浴、衣服の着脱などで全体の介助が必要な状態
- 要介護4　立ち上がりや歩行などがほとんどできない。排泄、入浴、衣服の着脱、食事摂取などの日常生活においてほぼ全面的な介助が必要な状態
- 要介護5　寝返り、起き上がりにも介助が必要で、日常生活において全面的に介助が必要な状態

　（注　上記は平均的な心身の状態を示しています）

9月

「見えない」と訴えていた原因は、白内障にあった。
　現在、血糖コントロールも安定しているところで、両眼手術を受けられることになる。手術自体は数分で終わり、日帰り出来るそうだが、付き添ってあげられる家族がいないため、母は出産以来の入院となった。

白内障手術

　術後1週間は、1日3種類の点眼液を4回さすのだが、各種類を5分間隔でささなければならないらしく、私が仕事のときは、母1人でやってもらわないといけない。

　今回、術後ということもあり、村石さんに相談をして、週2回、昼食の見守りとして、ヘルパーに訪問してもらえることになった。
「連絡帳」が用意され、その日の様子や食事、排泄状況からお願いしたいことを書いて、やり取りするようにとノートを渡された。

ヘルパー利用

　◇情報◇　薬箱
　処方される薬の種類が増えてくると混乱してしまうため、適切な時間に間違いなく服用できるよう整理しておくこと。

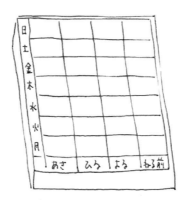

くすり整理－週間ケース

夜間はポータブルトイレ

10月

　深夜、「ドーン」と音がした。慌てて隣の部屋に駆けつけると、母が畳の上に転んでいた。トイレへ行こうとして転倒したらしい。

　翌日からは、同じ部屋に寝ることにし、数日後、ポータブルトイレを介護保険にて1割の負担で購入した。

　それ以降、夜間の排泄はポータブルトイレを使用することになった。

ポータブルトイレ

肘掛け跳ね上げ式
便座は取り外して洗える
フタをするとイス代わりになる

トイレの手すり
工事は不要

◇情報◇　特定福祉用具の購入

　貸与になじまない排せつや入浴などに使用する福祉用具の購入に対し、払った金額の9割(または8割)を払い戻される。

　自己負担の目安(1割負担の方を例とした横浜市の場合)は、払戻し限度額年間9万円(または8万円)。※購入金額が10万円を超えた場合は超えた分については全額自己負担。

◇情報◇　介護保険について(横浜市)

- 介護保険の対象者
  - 65歳以上の市民の方全員(第1号被保険者)
  　65歳に達したとき(誕生日の前日)は、全員第1号被保険者になる。介護が必要なときは、原因を問わず要介護認定を経て介護保険サービスが利

用できる。
- 40〜64歳の医療保険加入の市民の方全員（第2号被保険者）

  40〜64歳で医療保険に加入している市民の方全員が、自動的に第2号被保険者になる。年をとったことによって起こる病気（16種類を国が指定**）が原因で介護が必要な状態となったときに限って、要介護認定を経て介護保険サービスが利用できる。

  〈** 特定疾病について詳しくは、地域包括支援センターなどにお問い合わせください〉

- 介護保険サービスは、要介護の認定を受けた方は介護サービス、要支援の認定を受けた方は介護予防のサービスが利用できる。それぞれ居宅サービス、地域密着型サービスなどさまざまなサービスがある。〈詳しくは役所、地域包括支援センターなどにお問い合わせください〉

- 介護保険の居宅サービスには利用限度額がある。要介護度に応じた限度額が設けられていて、その範囲内で利用することができる。限度額を超えてサービスを利用するときには全額自己負担になる。

平成20年1月〜12月　−1人ではみきれない−

1月

　お正月は毎年、姉家族が父のお墓参りを終えてから、ウチへ来てくれる。
　そして、姪達が選んでくれた花束とケーキをいただきながら、76歳になった母の誕生日を皆で祝ってくれた。

母、76歳

　白内障手術から3ヶ月が経ち、視力が安定したところで、眼鏡を新調するが、「見えづらい」とのこと。
　眼科を受診すると、角膜内皮細胞が少ないため、濁って見えづらい可能性があるらしい。
　そのため、浮腫（むくみ）や混濁（にごり）症状を伴い見えにくいよう。角膜手術は全身麻酔となり、糖尿病患者にはリスクが高いとのこと。
　思ってもみないことを告げられたが、手術前の検査でわからなかった

のだろうか……。母は、手術を受けるつもりはないそう。

2月

　見えにくいことが原因なのか、玄関の踊り場で転んだらしい。出ると階段が4段あるため、今後は1人で外出しないよう言い聞かせる。

4月

　室内にて転ぶ。母から「パーキンソンかもしれない」と言われた。
　以前、介護老人施設で働いていたため、その病の方の症状を自身と重ねて疑いを感じているよう。
　その声に村石さんとデイケア施設長からも、仕草や歩き方、度重なる転び方には手が前に出ずに、膝や頬にアザが見られることから、そう疑ってもおかしくないと言われた。

5月

　村石さんの勧めで、O脳神経外科を受診する。
　頭部のMRI検査後、担当医より「画像から異常は見られません。シンメトレル錠を服用してみて、効き目があれば、パーキンソン病だと思われます。まず、1週間試して様子をみましょう」とのこと。

　1週間後、症状の改善はみられないと報告すると、「変化がなければ、パーキンソン病ではありません」「歩行を見る限り、運動不足による筋肉の低下でしょう」と。病気ではないと言われ一安心する。
　転倒の原因が運動不足と言われないために、母の気分が乗らないときでも、何度も説得をして、買い物や散歩へ連れ出した。

6月

　脱衣場にて、ズボンを脱ぐ際にバランスを崩して転んだらしい。
　同じ週、風呂場を掃除しようとした際、またもや転んだらしい。
　かなり痛みを感じたらしく、初めて私の携帯電話へ「痛い」と連絡が

＊パーキンソン病疑う

＊転倒→救急搬送

あった。しかし、仕事へ移動中であり、急に戻ることも出来ない。

頭の中で階段が浮かび上がり、タクシーではなく「救急車を呼んで」と伝える。

昼過ぎに電話をすると、左肩を不全骨折したらしい。帰りはタクシーに乗って来たと聞き、付き添ってあげられなかったことを後悔する。

帰宅すると、左腕を三角布で吊っている姿があった。

母の体を清拭＊と足浴＊し、パジャマに着替えさせると「ありがとう」と言われ、「駆けつけられなくてごめんね」としか言えなかった。

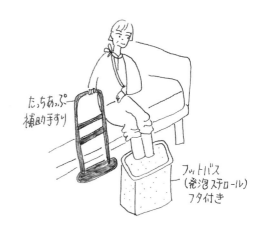

翌日、村石さんへ連絡し、ヘルパーのケア時間を30分から60分に変更してもらえるようお願いをする。

そして、お隣りの奥さんと幼なじみの由紀ちゃんのお母さんにも、「何かあったら助けてください」とお願いして、鍵のありかを伝えた。

＊清拭＝入浴できない人の体を蒸しタオルなどで拭き、健康や清潔を保つこと。

＊足浴＝洗面器にお湯を張り、足を浸す。その際、石鹸をつけて洗ってあげた場合は、再びお湯につけて洗い流す。もしくは石鹸の代わりに、アロマオイルのラベンダー（抗菌、鎮静作用）やティートリー（殺菌作用）を各1滴加えても爽快感を得られる。

8月

「痛い。頭を打った」と母から、また移動中に連絡が入った。

洗濯物を外へ干そうとして、ベランダで転んだらしい。

由紀ちゃんのお母さんへ、すぐに連絡をして様子を見に行ってもらえるようお願いすると、折り返し、頭から血を流しているから、救急車を呼んだと報告してくれた。

仕事休みの兄へ連絡をして、病院へ向かってもらう。

さすがに今回は、私も職場へ了承を得て、自宅へ戻った。

畳一面が血だらけだったのだろうか、拭き取られてはいるが、まるで殺人現場のようでもあり、慌てていた様子が目に浮かぶ。

〈注意！　感染リスクを背負わないため、他人の血液を素手で触れないこと〉

兄が由紀ちゃんのお母さんと母を乗せて帰って来た。

由紀ちゃんのお母さんが、「「畳の血を見たら、知恵が驚くから拭いて」と言われて拭いたのよ」と。

嫌な顔もせず、そう話してくれたが、明らかに表情は疲れきっていた。突然に呼び出され、着の身着のまま半日以上も付き合わせた上に「大事に至らなくてよかった」と言ってもらえたが、申し訳ないことをした。

母は頭部を8針縫うほどで済んだ。

二度とご近所様にご迷惑をかけないようにと思うが、保証はできず、1人で面倒をみることに限界を感じた。

9月

5時に起床、母の2食分と自分のお弁当を作る。

朝食を食べさせている間に身支度を済ませて、7時半に出かける。

仕事が終わり電車に乗る前、母へ「帰るコール」をする。

20時半に駅到着、自転車に乗り、途中で買い物をして帰宅すると21時。

まずは母を清拭し、着替えさせてからマッサージをしてあげる。

それから1人、夕食を食べ終わると、いつも気絶したように寝てしまい、母に起こされ、24時に片付けをしてからお風呂に入り、2時に就寝するという日々が続いていた。

そんなある日、村石さんから「なおえさんは、なんでも１人でできるので、ヘルパー訪問は、一旦中止しようと思います」と、信じられないことを告げられた。
　確かに時間はかかってしまうが、食事やトイレも１人でできる。
　受け答えもしっかりしているため、問題ないように見られてしまう。
　転倒や低血糖症の不安を伝えるが、現在の状態で、見守りだけのための訪問は難しいとのこと。

10月

引越し案

　姉より、マンションを建てている義兄から、「横浜へ引っ越して来れば」と言ってくれているとの連絡があった。
　住み慣れた町田を離れることなど考えたことはない。
　高齢の母にとって環境を変えることは不安だろうと思いながらも、一応相談してみると、あっさり賛成した。
　村石さんには何とかわがままを言い、残り２ヶ月間のヘルパー訪問をお願いする。
　義兄からは、「３DKから１DKと狭くなるから、思い出の物は処分してくるように」と言われた。
　父が亡くなって４年…いまだ残されている細々とした物を、母と「もう、いいよね。ごめんね。ありがとう」と思い出を語り合いながら、母の身辺整理と共に処分をしていく。
　こうして30年以上住んでいた部屋の片付けから、荷物作りを１人でやるのは、かなり大変な作業である。

　そんな姿をベッドサイドに腰をかけて見ているだけの母からは「口座から報酬分を引き出しなさい。面倒みてもらっているんだから当然のこと」と言われた。
　「もらう気などさらさらないし、面倒みるのは当たり前」と言いつつ、驚き動揺した。日中、閉じ込もっている母が、このようなことを考えて

いたかと思うと、切ない気持ちになる。
「その気持ちだけで十分。ありがとう」と返すのが精一杯だった。

12月
　「お誕生日　おめでとう
　　元気でね、ちえこ
　　頼むよ、おかあさん（のこと）
　　何も出来なくてごめんね」
帰宅すると、メモ用紙にこんなメッセージが書かれていた。

　これまで度重なる転倒に腹を立ててばかりいたが、母のことを重荷に感じられたことはない。なぜなら、どんなに小さな事でも「ごめんね」「ありがとう」と感謝の気持ちを口にしてくれる。
「おやすみなさい」と言うと「お疲れさまでした」と返ってくる。
　思いやりの言葉に支えられ、今の生活を乗り切ることが出来ている。

平成21年1月〜12月　―加齢のせいなの？―

1月5日

母、77歳　引越し

　母の77歳の誕生日に引っ越しをする。
　お世話になった由紀ちゃんとお母さんが、最後まで手伝ってくれた。
　お礼を言い、住み慣れた街を出た。

　新居へ到着すると、6階に住む姉家族が手伝いに来てくれた。
　4階の私達の部屋には、南東から日が差し込む。
　その先、約100mの同じ目線には、京浜急行が走行している。
　駅から徒歩3分程にこのマンションはあり、スーパーや郵便局も近くて便利がよさそう。なによりも町田でお世話になったT事業所が近くにあるらしい。同じサービスを受けられるよう、村石さんが引き継ぎをしていてくれたお陰で、頼んでいた時間に介護用ベッドを運んでもらい、

疲れている母をすぐに寝かせることが出来た。

ケアマネと相談

　翌日早々、ケアマネージャーである本多弘美さんとサービス提供責任者の上原みのりさんが、自宅へ面談に来てくださった。
　ヘルパー訪問は、継続して利用出来るらしい。
　きっと村石さんが配慮してくださったのだろう。
　デイケア施設については、幾つかリストアップしてもらい、その中から私が見学をして決めさせてもらうことになった。

〈今後、ケアマネージャーを省略して、ケアマネとさせていただく。〉

3月
　引っ越して来て2ヶ月となり、部屋もだいぶ落ち着いてきた。
　月1回のケアマネ訪問日、室内に手すりを設置してもらえるようお願いをする。

室内手すり

　天井と床を突っ張り棒のようにして取り付けられるため、工事は不要。
　120cmの跳ね上げ式はワンタッチで完了した。
　手すりのないスペースには、チェストを配置させて、上段の引き出しを5cm程出すと、そこが手すり代わりになるとケアマネにアドバイスされた。お陰で、母1人でも安心してダイニングへの移動がスムーズとなり、お弁当を食べ終わるとベッドへ戻って来られる動線もできた。

　三宅先生に勧められて、母との交換日記をつけるようになった。
「感謝、感謝です」「おつかれさまでした」「祈る、祈る」「春のうららの隅田川……」「今日は寒いですねー」「ありがとう、ありがとう」「字が書けなくて、みっともない」と、ほとんどはなんとなくしか読み取れない。

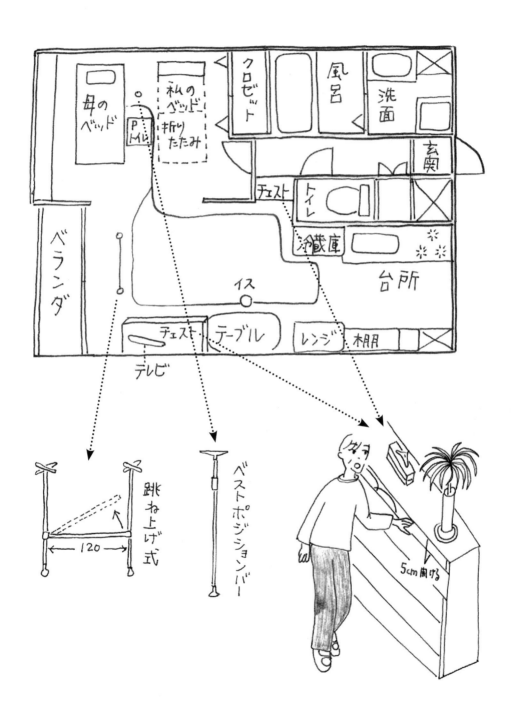

母　平成21年1月〜12月

4月

やはり日記は続かず、私が休日の日だけ一緒に朝・昼食の献立と、しりとりを書き出すようになっていた。

午後は義兄と甥の行きつけである床屋の大山さんへ、母を連れて行く。

姉は、母を見た瞬間に「爺さんだか婆さんだか見分けがつかない」と本人を前にして平気で言う。まったくデリカシーというものがない。

6月

朝、母がいつものようにカーテンを開けようとした際、バランスを崩してしりもちをつくが、幸いたいしたことはなかった。

確かにカーテンの開け閉めの動作は、横歩きでバランスが悪い。

今後は、私がやることになった。

母はこれまで低血糖症状に対して自覚があり、ふらつきや手の震えが起こると、携帯用ゼリーや飴を舐めて対処してこられたが、この日は違った。

おやつを食べさせようと、寝ている母を起こすと、すごい汗をかいていた。服やシーツを取り替えるほどの発汗は初めてのこと。

「こんなに汗をかいているけれど、わからなかったの？」と聞くと、頷く。

私が居合わせなかったらと思うと、ぞっとした。

発汗症状

7月

朝食後、ベッドへ戻る際、手すりをつたって歩いていた母が転んでしまった。

職場のオーナー水谷順子さんへ連絡をして、午後から出勤させてもらえるようお願いをする。マッサージの予約が入っていないと、こうしたわがままを通してくれるのでありがたい。

CT検査

S病院にて、CT検査を受けるが、異常ないとのこと。

母の歩行を見ていた先生から、「小さな歩幅は運動不足が原因」と言

われたのをきっかけに、外出を拒まれても無視をして、これまで以上に買い物と散歩へ連れ出した。

8月

リハビリと頭の体操を兼ねて、献立としりとりの書き出しは、まだ続いている。字が行からはみ出そうと構わない。
「見えない」「書けない」と言われようが、無視して続ける。

また「見えない」と言うのは、食事中にも言われることが多くなった。それでも食べる勢いは早く、食べ物を口まで運べず、エプロンや床にぼろぼろとこぼしてしまう。「早食い」「汚い」が気になるなら、私が食事の介助をしてあげれば簡単に済むことだが、リハビリのためにあえて手を出さないでいる。

見守るにも忍耐が必要である。

母の唯一の楽しみは、食べること。

なおのこと自由に食べさせてあげたい。

9月

糖尿病の症状（血糖値）が安定してるという理由で、市大系列のEクリニックを薦められて受診する。

市大病院ならば往復の時間を含めて、約3時間はかかっていたところ、クリニックでは予約で待たされたとしても、1時間程で帰宅できる。

待機時間が解消されて、体への負担も軽くなり、通院が楽になった。

10月

散歩中、母の前傾姿勢が支えられなくなるほどの脱力におそわれることがある。休むペースも早くなり、どこでもすぐに座らせてあげられるようにと、折り畳み式の椅子を持参するようになった。

Eクリニック受診

　買い物でも、スーパーのカートを2人で押していると、母は前へ前へと倒れそうになる。

　そんな体を片手で支えながら、支払いや荷物を持って帰ることが困難となってきた。

　そして、とうとう決断をして「一緒に行かれない」と言うと、母からは安堵した表情が見られた。

　それでも筋力が落ちないよう散歩へは連れ出すが、体力の低下を感じられる。

　また、低血糖にならないようにと、カロリー補給をしているにも関わらず、なぜか体がしゃんとしない。

　テレビから流れてくる、南田陽子さんと長門裕之さんのドキュメンタリーをベッドで聞いていた母が、「自分も認知症になるかもしれない」と不安を口にした。「大丈夫よ」としか、返す言葉がみつからなかった。

　＊認知症＝正常に発達していた知能が低下したり失われたりした状態。自分が誰でどこにいるのか？　いまがいつなのか？　といった基本的な状況把握や記憶ができなくなり、人格が変わってしまうこともある。

11月

　以前から右肩が痛いと言っていた。

　その右手の震えが、日を追うごとに強くなって見られる。

　箸を持って食べているときは震えていないが、食前食後では、テーブルに爪が当たり「カツカツ」となるほど叩いていることもある。

手の震え

私が右手を押さえると、しばらくして止まる。

ベッドへ寝かせても、右手だけが小刻みに震えていることもある。

母の意識とは別に動いているようだが、なんとも異常というか不気味に見える。

12月

母が昼食を食べていないことを、たまたま立ち寄った姉が気づいてくれた。

その様子に、お互い母と一緒にいられる時間を増やさなければと話す。

私が仕事の日は、姉と姪遥（中3）が交代で、夕食時にはダイニングまでの移動を介助してくれる。食べ終わると、携帯電話（らくらくフォン）の1番（姉）設定番号を押して呼び出し、ベッドへ戻る手伝いをしてもらうことになった。

日中と夜間の排泄は、ポータブルトイレを使用するが、朝の身支度のときは、私が後ろで見守りながらトイレと洗面所へ移動させて済ます。しかし、この日は、1人でトイレから立ち上がり、バランスを崩して廊下で転倒。うずくまって倒れている母に向かって、「大丈夫？」という前に「なんで私が来るまで待っていられないの」と声をあらげてしまった。

仕事休みの姉に、S病院へ連れて行ってもらう。

左指が腫れていたが、レントゲンでは異常は見られず打撲とのこと。

4点杖

度重なる転倒をケアマネに相談すると、4点杖を試してみるよう勧められたが、使用しているのを見ると、地面に接しているのは2ヶ所であり、斜めに突いて危ない。

母からも「重くてイヤ」と言われ、レンタルはしなかった。

4点杖

安定性に優れている

平成22年1月～12月　―難病（パーキンソン症侯群）に向き合う―

母、78歳　転倒続き

1月

　78歳の誕生日に、姉からウールのベストをプレゼントされる。

　Eクリニックを受診。手の震えを相談すると「加齢によるものです」と一言。そう言われると、もうなにも言えない。
　明くる日、仕事から帰宅すると、母の頬にアザが見られた。
　またもやバランスを崩したらしい。自力でベッドへ戻れたそうだが、日中、1人にしておくことが不安でならない。

　職場のオーナーには、以前から日曜日の出勤をやめさせて欲しいとお願いしていたが、なかなか取り合ってもらえない。
　日曜日にこだわる理由は、母を教会へ連れて行ってあげたいからだ。
　サービス業ともなると難しいことも分かっている。
　いっそのこと辞めることも考えたが、母の付き添いが必要なときには、融通(ゆうずう)をきかせてくれることもあり、そこまで言い出せなかった。

2月

　節分。「鬼も内」と言う母に、「冗談でしょう」と笑う。
　私が子供の頃から「鬼は外」と言っていたはずなのに。
　ニュースを見ていて、「鬼も内」と言うかけ声がよその地域にあることを知った。母自身も子供の頃のかけ声を思い出したのだろうか……。

　鬼のせいではないが、母は更に室内で転ぶことが多くなる。
　ポータブルトイレに腰かけ、ズボンを上げようと立ち上がった際、バランスを崩してしりもちをつくこともあった。

またある朝は、ダイニングへ移動中に転倒した際には手が出ずに顔面を打ち、右目まぶたと頬がみるみる腫れ上がってしまった。
　仕事休みの姉に病院へ連れて行ってもらうが、異常ないとのこと。
　今回ばかりは母の顔を見て、「ショックで泣いてしまった」とあとになって聞いた。
　転倒以外にも困ることが増えてきた。
　食事では、箸を思うように扱えなくなり、スプーンを使用するようになった。

転倒以外にも…

　むせることもあり、ひどいときは吹き出してしまうこともある。そして薬の錠剤をうまく水では服用できず、ヨーグルトに混ぜるようになっていた。また、よだれも垂れるようになり、母の右手には常にティッシュが握られるようになっていた。

　声も小さくなり、何を言っているかわからない。
　繰り返し聞き直してもわからないときは、紙に書いてもらうがそれも読み取れず、言い分がわかってあげられない。
　やることなすこと動作も遅い。運動不足や加齢だけが原因なのかと不安になりつつ、どうすることもできずにもどかしい。

　次第に母への接し方が冷たくなっていることに気づく。

イライラ…自己嫌悪

　すぐにイライラし、口調がきつくなり、物に当たり、しまいには大きなため息をつき、戸を閉めて母の呼びかけを無視している。
　姉に会えば、母の愚痴ばかりを言っている。
　そして、自己嫌悪に陥り、ただただやるせなくて体もしんどくなる。
　当然のことながらこんな状態でマッサージの施術はできず、からだを解してほしいというお客様に失礼だと思い、行き詰まる思いに意を決して、仕事を辞めたいとオーナーへ告げた。

3月

　今月中に辞めることは出来なかったが、日曜日に休みをもらえることになった。念願であった近所の教会へ、母を連れて行ったが、足を運んだのは1回限りであった。

　理由の1つは、小高い所に建っているのだが、思った以上に急斜面であり、途中から進むことも戻ることも出来ず、近くにいる人に声をかけて助けてもらった。

「次回からは、教会ボランティアの者がご自宅までお迎えに伺うこともできますよ」と親切に教えてくださった。

　しかし、教会の玄関を入ってから会堂へ行くのにも、また急な階段を上がらなくてはならず困ってしまった。

　もう1つの理由は、母は母で「下北沢の教会員だから」と一言。

　せっかくもらえた休みだと激怒したが、行かないと一点張り。

　思わぬ休みを得られたことで、私自身もホッとしたのか、気がつくと植木の手入れをしながら、鼻歌を歌っていた。

　それ以降、日曜日の過ごし方は、午前中に散歩へ出かけ、午後はお風呂に入れてあげた。

　ゆったり過ごせることで、少し心に余裕も出来たよう。

4月

車椅子

　床屋へ母を連れて行くと、不安定に歩く姿を見ていた旦那さんから、「使っていない車椅子があるから、よかったらどうぞ」と貸してくださった。ここのところ「しんどい」「行かない」と言っては、散歩を断ろうとする母に「飴をあげるから」と甘い物で釣っても、その手に乗らなくなっていたところであった。

　さっそく車椅子に乗せて、近所の大岡

川沿いに咲き並ぶ桜を見に連れて行くことが出来た。

5月

　母の様子を見ていると、体力的にいつまで元気でいられるのだろうと不安がよぎる。

　横浜へ越してきて約1年半。母の願いは下北沢教会にあるとわかっていながら、連れて行ってあげられていない。

　きょうだいには「最後になるかもしれない」と相談し、連れて行くことに決めた。

　そして牧師先生にも、母にとって最後の礼拝になるかもしれないと伝え、合わせて父の6年目であり記念の会をお願いすると、快く引き受けてくださった。

　◇情報◇　キリスト教の追悼儀礼

　教会としては、どの教派でもだいたい1年に一度「復活日」（イースター）や、9月には、いわゆるお彼岸のころに遺族を招待して「召天者記念礼拝」（プロテスタント）、「命日祭」（カトリック）が行われている。それとは別に、家族の希望により茶菓でもてなすこともある。

　当日、懐かしい顔ぶれの皆さんに出迎えられ、会堂へ入ると自然に心が落ち着いた。

　礼拝後は、食事を共にして讃美歌を歌い始めると、賑やかな雰囲気の中、母の顔が少しほころんでいるように見られた。

　後日、母の親友である小嶋慧子さんから、「いつもと様子が違って声がかけられなかった」と電話口より、涙声で言われた。

　声は小さくて片言しか話せず、顔は無表情なのだから無理もない。

　毎日一緒にいると、大きな変化として捉えていなかったが、久しぶりに顔を合わせる皆さんにとっては、役員を務めて活躍していた姿からの変貌に差がありすぎ、驚かれたようだった。

6月5日（土）

　父の命日、親戚にも個々に宗教の違いはあり、七回忌と称して、横浜まで足を運んでいただいた。そして母については、こういう席に出られるのは「最後になるかもしれない」という思いは、誰にも伝えなかった。

　会食後はそよ吹く風にあたり、青葉を背景に集合写真を撮る。

　そのまま引っ越して来たマンションでの生活を見てもらいたくて、自宅へ立ち寄ってもらった。

　後日、母の様相に叔母達からは、やはり「怖かった」「声をかけられなかった」と言われてしまった。体重の減少や、エプロンをつけて食事介助されている姿は、異様に見られたのも仕方がない。

6月16日（水）

仕事納め

　マッサージの仕事も、今日が最終日。午前中に引き継ぎを終えて、15時頃に帰宅する。

　寝ている母をのぞき込み、「買い物から帰ったら散歩へ行こうね」と言って出かけた。

　30分程して、マンションのエントランスで姉と会い、立ち話をして帰る。

転倒→救急搬送→入院

　戸を開けるとベッドに母の姿はなく、床にうつ伏せで倒れている母から、血が広がっていた。

　駆け寄って上体を起こすと、鼻から血の固まりがぶら下がっている。呼びかけには答えられ、意識はしっかりしていた。

　外へ飛び出し、下にいる姉に向かって「お母さんが倒れた」と大きい声で叫ぶ。そして救急車を呼ぶつもりが、110番にかけてしまった。

　かけ直して救急に繋がったが、今度は気が動転しているからか、町田の住所と混乱して現住所が出てこない。

　慌てて郵便物のハガキを取り出し、見ながら読みあげた。

　その間、母のからだを姉が支え、駆けつけた姪の遥は、血を拭き取ってくれていた。

救急車の中に運ばれたが、そこからなかなか出発しない。

近くに3つ4つと病院はあるが、受け入れ先がみつからないよう。

「戸塚へ向かいます」と走り出すが、地元ではない私には、近いのか遠いのか見当がつかない。

夕方の渋滞している道と、母を交互に見ながら手を握り締める。

診察室に入り、担当医へ状況を説明すると、第一声が「パーキンソンですね」。

「いや、以前に診ていただいたときには、パーキンソンじゃないと言われました」と返すが、「どう見ても、パーキンソンでしょう」と言われ、わけがわからなかった。

問診にて「アレルギーはありますか？」の質問に、今まで黙っていた母が、「ニラ」と答えた。それには、医師も看護師も苦笑い。

1回目の検査結果は急性硬膜下血腫にて、今後も出血が心配されるため、油断できないとのこと。

姉と義兄が駆けつけてくれたときには、2回目の結果も出ていた。

出血は治まったようだが、まだ急変する可能性もあるそう。

自宅から30分程で病院へ来られることもあり、個室に私1人が泊まることになった。兄と三宅先生にも、その旨を連絡する。

その夜、同僚から「お疲れさま」とメールが届く。

まさか病室にいるとは思ってもみないだろう。

何事もなかったように、これまでのお礼を返信する。

明日から仕事のことを考えないでいられるタイミングに倒れるなんて、

子供孝行なのか親孝行というのか……。

と言いながらも、週2回は世田谷での仕事は続けている。

それでも十分な時間を与えられたのだから、父にはまだ迎えに来ないでと、心の中でお願いをした。

6月17日（木）

息をしていることに、まずはホッとする。

峠は越えたが、まだ油断できないとのこと。

一旦、着替えと洗面用具を取りに帰り、取り乱したままの部屋を片付けてから、また病院へ戻った。

6月18日（金）

「お母さんは、やっぱりパーキンソンですね」と確信的に話す担当医は、脳神経外科医の大沢先生。症状として、顔の表情がない仮面性＊と手の震え、体の動作がぎくしゃくしているかららしい。

パーキンソン病の説明

「パーキンソン病とパーキンソン症候群とはまったく違うものです。パーキンソン症候群がひどくなり、パーキンソン病になるのではありません」「お母さんは症候群の方だと思います。しかし判断するのは難しく、特定するのには時間もかかり大変です」と淡々と、語られた。

きょうだいへ説明するため、紙に書いていただいたが、うまく伝えられそうにない。現時点では、命を取り留められただけでよしという思いしかなく、「検査が大変ならば、徹底的に調べなくてもこのままでいいです」と、とっさに答えた。

しかしあとから、病名を判明させるのにはどんな検査が必要になり、期間や費用はどれくらいかかるのだろうかと浮かび上がってきたが、それ以上深く疑問視することはなかった。

今はただ、目の前にいる母の容体だけが心配であった。

＊仮面性＝仮面様顔貌（かめんようがんぼう）とは、表情が乏しく、仮面をかぶっているかのよう

な顔のこと。パーキンソン病やパーキンソン症候群の人に見られる症状の一つ。病気によって顔の筋肉が固くなっていることが原因であり、感情が乏しくなっていると誤解しないこと。

　それから1週間が経過し、点滴も外されて症状が安定すると、ナースステーションから2つ離れた病室へ移された。
　食事の形態は軟食のお粥となったが、食べ始めると、自宅にいたときと同じようにむせ込んだ。
　言語聴覚士＊から指導を受け、食べさせるときは車椅子へ移乗＊させ、姿勢は90度に保ち、やや前かがみになると誤嚥しにくくなると言われた。

　＊言語聴覚士＝言葉によるコミュニケーションに必要な発声、発音、嚥下障害のある人に対しては食べ物の飲み込み下しなどのリハビリを行う。

　＊移乗＝ベッドから車椅子、車椅子から椅子や便座、床などへ移ること。

　2週間目に入ると、ナースステーションから更に離れた病室へ移された。これも元気になった証拠だと思うと嬉しかった。
　大沢先生との面談にて、「今後はどうされますか。自宅へ戻ってみられますか。それともリハビリ専門病院＊へ転院しますか」と聞かれた。
　ここは救急病院であり、治療を必要としない者は、すぐ出るようにという言い回しであった。
　「今の状態で帰って来られても困るので、少しでも日常生活を自身で行えるよう、リハビリ専門病院への転院を希望します」と、即答する。
　パーキンソン症候群については、あれ以降、検査や治療といった話は、いっさいなかった。
　無論私がこのままでいいと言ったのだから、当然のことなのだろう。
　院内のソーシャルワーカー＊と面談し、5ヶ所の専門病院のパンフレットを見せられ、設備や費用について説明を受けた。

リハビリ病院希望

母　平成22年1月〜12月　　49

＊回復期リハビリテーション病院（病棟）＝発症または術後2ヶ月（疾患によっては1ヶ月）以内の患者を対象に回復をめざしてリハビリを行う。入院期間は疾患別に60〜180日以内と決まっている。

＊急性期病院＝脳卒中や心筋梗塞、肺炎といった急性疾患、および　重症患者の治療を24時間体制で行う高度専門医療機関。

＊医療ソーシャルワーカー＝病院などに勤務して患者さんや家族への相談・援助を行う人。

リハビリ病院見学

7月初旬

　兄と第1候補の回復期リハビリ専門病院を見学する。
　そこは小高い緑にあふれる静かな所に建っていた。
　リハビリ室は、とにかくスペースが広くてベッドも幅が広い。
　自宅さながらに居間や台所、お風呂や階段も設備されている。
　個々の部屋と食堂にも清潔感を感じられた。
　母にとってよい環境のようであり、毎日見舞いへ行く私にとっても、テラスやラウンジでゆっくり過ごすことができそうだが、自宅から病院へ行くには、電車を2本乗り継ぎ、最寄り駅からは、本数の少ないシャトルバスに乗らなければならない。
　一瞬躊躇したものの、通う私が頑張ればいいのだと思い、仮契約をして1週間後に転院することに決めた。

　その晩、姉に報告すると「遠くてあまりお見舞いには行かれそうにないな」と一言。99％行くことを決めていたが、その言葉に、一応第2候補を1人で見学することにした。

　電車で約15分。駅から徒歩1分で着く病院（現在は移転）。
　あまりの便利さに驚くが、建物は古く、廊下や病室、リハビリ室と食堂も狭くて圧迫感があり、違う意味でまた驚いた。

なんといっても母を車椅子に乗せて、2人で息抜きできるスペースも見当たらないのには思わずため息が出る。

　約4ヶ月過ごす病院。母にとってどちらを選択したらいいのか迷う。
　高齢の母だが、設備の整った環境でリハビリを受けて、機能向上を求めるのか。それとも皆が頻繁に見舞いに来てくれることや、もしも万が一のことを考えて、駆けつけやすいことを優先した方がいいのだろうかと、一晩考えて後者を選んだ。

　そのころH病院では、退院を促されているようで、あからさまにナースステーションから一番遠い、6人部屋に母は1人で寝かされていた。
　ひどい仕打ちでも受けているような疎外感がある。
　面会時間が終わると、1人取り残される姿に後ろ髪を引かれる思いで何度も手を振った。
　退院まで1週間だというのに、微熱が続き、むせ込みもひどく、食欲も低下していた。夜間には、吸引していると看護師から聞かされた。
　むせ込む姿が痛々しく見られ、日中検温に来てくださる看護師に「大丈夫ですか？」と聞くと「胸の音はきれいなので大丈夫です」と皆が皆、そう言うが、ではなぜ吸引処置が行われているのだろう……。

微熱・吸引

7月13日（火）
　なぜだか車椅子に移乗できないほど衰弱している。
　仕方なく食事は、ベッドで寝かせたまま食べさせるが、ほとんどむせてしまい食べられない。
　大沢先生とは、「今後の話……」をしてから、院内で姿を見かけたことがなく、今の状態を説明してくれる者は誰もいない。

　今日は兄の誕生日。自力で起き上がれない母の背中を支えながら、兄の携帯電話へ連絡する。振り絞る声で「おめでとう」と言う姿を見ていると、来年の誕生日を一緒に祝うことが出来るのだろうかと、不安で涙

が出てきた。

　その日の夕方、B病院から「急ですが、2日後に転院可能です。どうされますか」と連絡が入り、迷わず、受け入れてもらえるようお願いをする。

　すぐにソーシャルワーカーへ相談をし、車椅子のまま移動出来る介護タクシーの手配をしてもらった。

7月15日（木）

　退院当日。病室へ入ると、吸引器を片付けている看護師から、「明け方、珍しくご本人から吸引を希望されたんですよ」と。

　あれほど嫌がっていたのだから、よほど辛かったのだろう。

　朝食も食べられずにぐったりしている母には構ってあげられず、退院の手続きと身の回りの片付けに追われていた。

　1ヶ月お世話になった看護師の名前を、フルネームで覚えられた母とあって、慌ただしいながらも入れ替わりに「私は誰だ？」と言いながら、皆さんから最後の挨拶をしに来てくださる。

「名前を読んでもらえたのは初めてでした」と握手される方もいた。

　感謝の気持ちを伝えて、エレベーターの前でお別れをした。

転院

　B病院には20分程で到着する。

　看護師に出迎えられ、早々に体温と血圧を計られている横で、私は別の看護師から、入院手続きの説明を受けていた。

「体温も血圧も高いです」と、何やら慌ただしい雰囲気になり、母を乗せていたストレッチャーが奥へと消えて行き、状況がつかめないまましばらく待たされた。

　主任看護師より、「肺炎にかかっているかもしれません。院長は不在なので、指示を仰いで検査しています」とのこと。

　待たされている間に三宅先生へ連絡し、状況を説明すると「H病院へすぐに連絡を入れて、転院前に検査をしたかどうか問い合わせみてください」と言われた。

肺炎のおそれ

　H病院へ連絡し、検査をされたか伺うと、行っていないとのこと。
　どうしてこの様な事態になっているのかという気持ちと、ついさっきまで感謝していた気持ちが、今は怒りで携帯電話を持つ手が震えた。

　「やはり肺炎のようです。今、点滴をしていますが、明日、院長より詳しい説明があると思います」と案内された所は、予定されていた病室ではなく、ナースステーションの前の病室だった。
　元気になるために転院したはずが、ここへ来て、父と同じ肺炎と告げられるとは思ってもみなかった。
　「死」という言葉が頭をよぎる。
　うつろな目でこちらを見ている母にかける言葉はなく、ただ手を握っていることしか出来なかった。

7月16日（金）
　初めてお会いする院長との挨拶もそこそこに、レントゲンを見せられた。「肺炎の影が見られます。採血から炎症反応が上昇しています。食事と水分は摂取せず、点滴を続けて様子をみます。リハビリは、寝ながら受けられる程度で行いましょう」とのこと。
　「リハビリ？　この状態で」と聞き返すと、体力を落とさないために欠かせないそう。きょうだいが駆けつけてくれ、その旨を伝える。

7月17日（土）
　病室へ院長が顔を出してくださる。そこへもう1人先生が入って来るなり、「手をグー、パーにしてみて」とぶっきらぼうに言う。
　次に母の顔の前に人差し指を出し、「この指を見て」と言いながら、上下左右に動かす。
　院長との間に割り込んできたこの先生は、とにかく感じが悪い。

　しばらくして、その先生に別室へ呼ばれた。
　「脳神経外科の阿藤です」と言われ、小冊子を渡された。

パーキンソン症候群

「私が思うに、お母さんはパーキンソン症候群[*]の進行性核上性麻痺だと思います。H病院のCT検査から1ヶ月が経ちますが、出血後から特に異常はみられません。大沢先生の診断も伺ってみます」と。

また、今回の肺炎はこの病により、飲み込む力が弱くなったことで、誤嚥性肺炎を引き起こしたものと考えられるそう。

これまで母を悩ませていたむせ込みの原因は、ただ単に加齢だけによるものではなく、病によるものだったとは……。

阿藤先生に対する印象が180度変わり、丁寧に挨拶をした。

小冊子には「発生時、むせ込みやすく、飲み込みが悪くなる」
「しゃべりにくくなり、目も動かさず、表情がなくなる」
「よく転び、手で防御できずに顔や頭を打つ」と、どの症状も当てはまっている。

この状況で病名を見つけてくださったのはありがたいことだが、一方でショックであり、複雑な心境でもある。

今、母は病より肺炎と闘っているのだから……。

きょうだいとは最悪なことまで考えて、牧師先生や親戚を呼ぶべきか迷っていた。

猛暑日が続く最中、横浜まで足を運んでいただくのは、申し訳ないという気持ちが強く、もう少し様子をみてみようということになった。

◇情報◇「パーキンソン病」
手足がふるえる筋肉の緊張の異常によって、運動の調整がうまくできなくなるなどの症状が現れ、体の動きがだんだん不自由になってゆく病気。運動症状が起こるのは、脳の黒質という組織に異常が生じ、黒質で作られているドパミンが減少してしまうからである。

黒質のドパミンは、筋肉に「運動するように」と指令を出している、大脳皮質から命令を調整する為に用いられている神経伝達物質。

不足すれば指示がうまく伝わらず、筋肉の動きがぎこちなくなってしまう。

また、自律神経や大脳皮質なども、パーキンソン病によって障害される為、

便秘や起立性低血圧などの自律神経症状、うつ症状、認知障害、幻覚、妄想などの精神症状も起こってくることがあるらしい。

　進行性の病気だが適切な薬物療法を受け、運動機能の低下を防ぐ運動を続ければ、健康な人と変わりなく生活することができるらしい。

　進行するスピードは人によってまちまちで個人差があるそう。どのような順序で進んでいくかは、だいたい決まっており、それを示す尺度（「ホーン・ヤールの重症度分類」本書58ページ）がある。

◇情報◇　一般社団法人　全国パーキンソン病友の会本部
〒165-0026　東京都中野区荒井3-1-11　パールシオンB1
TEL 03-5318-3075　　FAX 03-5318-3077
http://www.jpda-net.org/

　＊「パーキンソン症候群」＝パーキンソン病以外の理由で、パーキンソン病と同じような症状が現れる状態のこと。原因は、脳腫瘍や脳卒中などの病気、あるいはなにかの薬の副作用など。

リハビリ

7月18日（日）
　点滴をし、絶食中だというのに、理学療法士＊によるリハビリ行為は、酷に見られた。
　ここはリハビリ専門病院だから、せざるを得ないのだろうか。
　そう懸念している私に気づいた療法士から、「体力がこれ以上落ちないよう、無理のない範囲でやっていきましょう。辛かったらおっしゃってください」と母に話しかけていた。

　＊理学療法士＝マッサージ、運動などの物理的な治療手段によって身体機能の回復をはかる。

7月20日（火）
　院長に呼ばれる。「肺炎は嚥下障害によるものと思われ、パーキンソ

ン症候群の進行も予想されます。今後のことを思うと、胃ろうを考える必要があります。肺炎を繰り返せば、容態も急変すると考えられます」とのこと。

峠を越えられ安堵していたところに、思ってもみないことを告げられ、愕然としながらも「胃ろうはしないと思います」と即答する。

「受けなければあと2、3ヶ月だと思いますが、受けないと言われる理由はなんですか」と聞かれた。

すでに遺書を書いており、延命治療は受けないと書いていることを伝えると、「胃ろうは一時的な処置であり、回復すればまた口から食べられるようになります」と説明された。

それでも母が介護老人施設で何十年と働き、その間に胃ろうの方とも接してきて、介護される方の気持ちと、お世話する方の気持ちを知ってのことで、拒否しているのかもしれないと話すと、院長から「わかりました。明日、お母さんへ直接話してみましょう」とのこと。

病室へ戻り、私の口から胃ろうの話をすると、案の定「しない」と手を横に振り、「後は野となれ山となれ」と動じることなくそう言った。

三宅先生がお見舞いに来てくださった。
胃ろうの処置自体は以前と違い、衛生面が改善されていることなど説明してくださったが、母の気持ちは変わらなかった。

その夜、姉に胃ろうを拒んでいることを伝えると、「強い意思もわかるけれど、もっと生きて欲しい」と泣いている姿に気持ちが揺らぐ。

そう、私達はかたくなに胃ろうを拒んでいるわけではない。

お互いの知人に経管栄養法を受けられている方もいらっしゃる。

ご家族の姿からは、生きていてくれることが喜びであり、辛いときには、ぬくもりに支えられていることも知っている。

母がいう「延命治療しない」と否定しているのは、「延命措置」を望んでいないということ。（後にこの違いの理解を深めた）

胃ろう処置拒否

◇情報◇　延命治療

負傷や病気を回復から克服し、健康状態を取り戻すための医療行為。

◇情報◇　延命措置の是非

- 延命措置のいろいろ

・気管切開　・人口呼吸器　・皮下輸液　・強制人工栄養（鼻からチューブを入れて栄養を送り込む経鼻経管法、お腹に穴をあけて胃に直接栄養を送り込む胃瘻、鎖骨下の太い静脈などにカテーテルを留置して栄養液を送り込む中心静脈栄養法など）

- どこからが延命になるのか

　すでに死が迫っている方に対して、ただ単に死期を引き延ばすために行われる医療行為を延命措置と呼ぶ。

　終末期には腎不全における人工透析や止まらない下血における輸血の継続なども延命措置に含まれる。また、心肺停止状態における蘇生術（心臓マッサージや電気ショック）も延命措置の一種と言えるだろう。

7月21日（水）

　院長が病室へ入り、椅子に腰かけられた。起き上がろうとする母に院長は静止させようとするが、母はそれでも起き上がろうとする。

　私が背中を支えると、院長と同じ目線になった。

　胃ろうの話になると、やはり手を横に振って断る姿に私の迷いは消える。

　2人の覚悟を感じられたのか、院長もそれ以上の説明はされなかった。

7月23日（金）

　阿藤先生より、「早く難病申請しなさい」と臨床調査個人票を渡された。院内のソーシャルワーカーと面談し、「特定疾患医療受給者証[*]」の交付を受けるため、必要な手続きの説明をしてくださった。

　母はすでにステージ4と診断されている。目の前の肺炎と、先の長い

難病申請

症状を突きつけられて漠然とする。
　いったいどちらに天秤は傾くのだろう……。
　そして本屋に立ち寄り、パーキンソン病の本を購入した。

　＊特定疾患医療受給者証＝生計中心者の所得に応じて医療費自己負担が減免され、自己負担限度額を超える分については都道府県が助成。
（パーキンソン病はこの対象となっている。ただし、助成の対象となるのはヤールの重症度３以上（生活機能障害度２以上）のパーキンソン病の患者さん。）

　◇情報◇「パーキンソン病の生活機能障害度とホーン・ヤールの重症度分類」
ステージ１、障害は片側のみ。
ステージ２、障害は両側、または身体中心部。姿勢反射障害なし。
ステージ３、軽〜中等度の障害。姿勢反射障害あり。日常生活に介助不要。
ステージ４、高度の障害。かろうじて介助なしに起立、歩行が可能。
ステージ５、介助がない限り寝たきり、または車いすの生活。

７月27日（火）
　偶然にもきょうだいの見舞い時間が同じで、院長からの説明を一緒に聞くことができた。

　熱は治まり、パーキンソン症候群の薬（ネオドパストン）を昨日から服用し始めたそうだが、合う合わないかは、２週間程経過しないと効き目がわからず、合わずに体力が落ちてしまうことを心配されていた。
　栄養面からは、濃厚流動食品「メイバランス」を取り入れ、少量でもエネルギーやたんぱく質、ビタミン、ミネラルなどを摂取しているとのこと。

介護認定

７月28日（水）
　区役所から、介護認定調査員が病室まで面談しに来てくださった。
　点滴と尿カテーテルを入れられ、横たわっている母。

質問応答には手振りのみで答える。別室にて私も質問に答えた。
　判定は約1ヶ月と告げられたが、その間に母はどうなっているのだろうと思うといたたまれない。

8月3日（火）
　区役所へ行き、交付手続きをする。
　医療費の自己負担は減免されるそう。
　年金で養ってもらっている私が言うのもなんだが、手放しに喜ぶ気にはならない。なぜなら発症の兆候を自ら疑い、脳神経外科を受診したが、初期段階にて見落とされていたと思われる。
　「パーキンソン病ではない」と言われたが、もしもあの時、「パーキンソン症候群」という可能性を告げられていたら、「経過観察」として定期的に診察してもらえたのでは……。

8月9日（月）
　お粥が三度食べられるまで回復し、体重も増えて34kgとなった。
　夕食後には点滴が外されるようになり、胃ろうの心配もなくなる。

　夏休み中であったため、姉家族は買い物やプール帰りによく病室に立ち寄ってくれた。
　しかし、母とのコミュニケーションは、頷くか手振りしかしないため、会話が続かずに時間をもて余すのだろうか、おのおのベッドへ添い寝や車椅子に座り、居眠りしている姿がたびたび見られた。
　この和やかな光景を見ていると、つくづくB病院を選んでよかったと思う。私自身も毎日の病院通いが片道15分程で行かれる距離は、体力的にも精神的にも楽であった。

8月24日（火）
　区役所から、介護認定「要介護5」と通知が届いた。
　覚悟はしていたが、いわゆる「寝たきり」の5である。

要介護認定5

ちなみに入院前は要介護3であった。

病院から食品の持ち込み許可が出た。母のリクエストはコロッケだった。喉越しの悪い衣をはがして、まるごと1つ食べ終わると「95点」と採点した。マイナス5点は、衣ごと食べられなかったことに減点したそうだが、シビアな意見に皆が大笑いした。

9月3日（金）
　葬儀の話までしていたことが嘘のように回復している。
　ならば、入院している期間を有効活用しようと、和菓子工場での早朝バイトを始める。
　仕事終わりには、商品ケースから1つ好きな物をいただけるという特典があった。
　病院の夕食後、歯磨きを終えた母が、ベッドへ戻って来たところに顔を出す。カーテンを閉めて、こっそり和菓子を食べさせてあげると、久しぶりに「おいしい」とオッケーサインが見られた。

9月15日（水）
　母が青年期まで過ごした島根県の教会で、大変お世話になったという山元ロイ耕一牧師先生ご夫妻より、ロサンゼルスから「一時帰国するので是非とも会いたい」との手紙が届いた。
　一番会いたがっていた方からの便りに、母も嬉しそう。
　院長へ外出許可をお願いすると、回復しているとはいえ何かあっても保証はできないとのこと。すかさず「何かあっても会わせたい人なんです」とお願いすると、あっさり許可してもらえた。
　目標ができたことでリハビリでは、立位動作や車椅子への移乗する動作も意欲的になったように感じられた。
　また、食事と水分補給にはとろみを付けることで、むせ込みも緩和されて摂取量も増えてきているよう。

早朝バイト

9月22日（水）
　十五夜がきれいに見られ、母を車椅子に乗せて外へ出た。
「親と月夜はいつもよい」が口癖だった母。
「そんなことわざ聞いたことはない」といつも笑う私。
　どうやら「いつ見てもいいもの」ということらしい。
　早くに亡くなった両親に見立てて、語りかけていたのかもしれない。
「十五夜お月さん　見ては〜あ〜ね〜る」と歌うが、これがまた音痴である。そんな母が可愛くて、後ろからぎゅっと抱きしめた。

　母の生い立ちは、当然、母にしかわからない。
　幼い頃、私は母の実家に行ったことがあるらしいが記憶にない。
「どんなお父さんだったの、お母さんだったの？」「お母さんは、どっちに似ているの？」「どんな子供だったの？」と聞いてはみたが、どの質問に対しても無視された。
　中学生辺りになると「苦労話はするものではない」と完全に無視され、さすがにその話題には、触れてはいけないと感じるようになっていった。
　そして成人になり、実家にて母の兄弟姉妹に会うことはできたが、どこかよそよそしい雰囲気を、母の中に感じて見ていたような気がする。
　その緊張感のようなものが私にも伝わっていたのだろうか、写真は残されて見るものの、思い出せない。実家近くのお墓参りと、出雲大社へ足を運んでいることだけはうっすら覚えている。

　引っ越し後、整理をしている際に、見慣れない軍人姿の人の写真を見つけた。「もしかしておじいちゃん？」と母に差し出すと、頷いた。
　手が震え、涙が出た。
　もう1枚は、七五三なのか着物姿の女の子が写っている。
「もしかしてお母さん？」頷いた。
　もう1枚は、男の子2人と母、そして着物姿の女性が写っている。
「もしかして、おばあちゃん？」頷いた。
「お母さんにそっくりだね」と笑いながらも、涙が止まらなかった。

この歳になって、初めて見る（会う）ことができた。
「親と月夜は、いつもよい」の裏側に、語り尽くせぬ切ない思いを抱いていたのだろう……。

退院後についての話し合い

10月1日（金）
院長との面談にて、12月の退院予定を告げられた。
「今後は、どうされる予定ですか」の質問に対して、何の躊躇もせず「自宅でみます」と答えた。
見舞いに来た兄に、その話をすると「もう、その段階なんだ」と驚いていた。改まってきょうだいの意見を聞いてはいないが、話し合ったところで、私の気持ちは変わらない。

10月2日（土）
言語聴覚士の山形さんに、水分のとろみの付け方を教わる。
とろみ調整剤、粉末タイプは、食品や飲み物に混ぜても、味や色を変えることもなく、とろみ付けをしてくれる便利な物。
その人の飲み込む力に合わせて簡単に調整出来るらしいが、確実に誤嚥を防げる物ではなく、食べさせる姿勢にも気をつけるようにとのこと。

10月5日（火）
兄の車に乗り込み、いざ幕張へ。
高速は空いており、1時間程で到着した。
ホテルのロビーで、山元牧師先生ご夫妻と抱き合って再会を喜ぶが、母の顔はやはり無表情であった。
10年前、母と兄がロサンゼルスへ行ったときより、母の体重は約20kg減少していると思われる。豹変した姿に驚かれただろう。

昼食後、ナナ夫人と廊下で話すことができた。
島根時代を知っているのは、このご夫妻しかいないだろうと、当時のことを尋ねてみたが、やはり家庭内の話はしていなかったよう。

唯一覚えているのは、母が女学校を卒業後、東京の神学校へ行くことが決まった際に、祖父が訪ねて来たとのこと。
「がたいのいいおじいさんで、「この子をよろしくお願いします」と挨拶に来られたのよ」「なおえさんの行儀よさは、おじいさんに躾られたのね」と話をしてくれた。母を思いやってくれる祖父の存在があったことを聞くことができ、心の底から嬉しかった。

　牧師先生ご夫妻は共に80歳代。
　正直こうして再会出来るのも、最後になるであろう。本当は泣きたくて、笑いたくて、積もる話もあっただろうに、そう伝えられない母。
　しかし、牧師先生から「祈っていますよ」の言葉に、お互いの気持ちが集約されているように感じられ、こうして集えたことに感謝し、抱き合ってお別れすることができた。
　山元牧師先生ご夫妻、ご一家の祝福を祈ってやみません。

　病室へ戻ると、小さな声で「ありがとう」と一言。
　また1つ願いが叶えられてよかったね。

10月8日（金）〜9日（土）
　早朝バイトを終え、自宅に戻り、昼食を食べ、病院へ行く前に一寝入りする。
　目覚めると辺りが薄暗い。「寝すぎた」と、慌てて時計を見て、テレビをつけると…どの局も、番組がいつもと違うよう。
「なに？　なに？」と、少しパニック状態。
　携帯電話を見ると、日付が変わって9日であった。
　約28時間も爆睡していたことになる。

　慌てて支度し、病院へ行くと、母の第一声が「疲れちゃったの？」と。
　ほぼ毎日通い、断りなしに休んだことがなかったため、心配した母は「家に電話して」と看護師にお願いしていたらしく、申し送りの看護師

から、そのことを聞かされた。

　なんとも情けないやら恥ずかしいやら……。

10月29日（金）
　ソーシャルワーカーとの面談にて、病院にいられるのは、12月11日までとのこと。退院は嬉しい反面、気ままな生活は送れないことになる。先の見えない介護が待っているかと思うとため息もでる。
　これまでリハビリ中は、母の気が散らないよう後ろから見学をしていたが、今は一緒に参加させてもらい、在宅介護に必要な介助の仕方を教えてもらっている。
　例えば、パーキンソン病特有の症状に「すくみ足」といわれる、最初の一歩が出にくいときは、その場で屈伸させるといいそう。
　また、「イチ・ニ・イチ・ニ」と声をかけてあげると、リズムに乗せて歩きやすくなるらしい。
　母が廊下で歩行訓練をしている姿を見た兄は、「こんなに元気になったの」と驚いていた。
　しかし一見元気なようだが、母の食欲は低下している。「気持ち悪い」という日が続き、院長からは、原因不明と心配されていた。

セーフティーアーム
（固定型歩行器）

上肢の筋力はあっても杖での歩行が困難な方に適している

　◇情報◇　杖はうまく使いこなせない
　パーキンソン病の人は、腕を伸ばす筋肉より曲げる筋肉が固くなるので、緊張すればするほど腕が曲がってしまいます。従って杖や歩行器を使いこなすのはかなり難しいといえます（車イスも同様）。

ソーシャルワーカー面談

半日帰宅

11月11日（木）

　退院にあたり、理学療法士の浅野さんと作業療法士*の河口さんが、母を連れて自宅を下調べに来られた。

　戻って来たときに日常生活に支障が起こらないよう、必要な動きを今から確認しておき、残り1ヶ月でリハビリを仕上げていくらしい。

　時間を合わせて、ケアマネも来てくださった。

　本来ならば母が室内を歩き、お風呂の入り方を実践して見せなくてはいけないところだが、調子が悪いため、私のベッドに寝かせることになった。

　仕方なく私が母の代わりに、ダイニングとお風呂場まで歩き、動線を確認してもらう。

　浴室では、バスボードを勧められた。浴槽にバスボードを橋渡しして、両サイドを固定することで、腰かけて移動が出来るらしい。

　それ以外は、幸いなことにバリアフリーであるため、問題点はなかった。

＊作業療法士＝人の生活全般にかかわる作業を通して、日常生活をスムーズに送れるよう援助、訓練する。

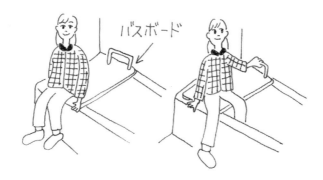

11月19日（金）

　ようやく食欲が回復しつつあり安心する。

　管理栄養士との面談にて、退院後の食事アドバイスとして、とろみ剤のじょうずな使い方や高エネルギー栄養など、カタログを見ながら説明

を受けた。

　病室へ戻ると、母が療法士の浅野さんに謝っている。
　理由を聞くと、訓練中に失禁してしまったとのこと。
　初めてのことで落ち込んでいるよう。
　背中を擦り「大丈夫よ」と声をかけてあげることしかできなかった。

11月24日（水）
　病院から連絡が入る。
　ポータブルトイレへ1人で移乗した際に転倒したらしい。
　駆けつけると、幸い親指を打撲しただけで済んだよう。
　病の特徴の1つでもあり、一見動かないように見られるが、目の前にある物に手を伸ばしつかむ動作や、突然立ち上がり急に行動を起こすこともあるらしい。
　今後、1人では降りられないようにと、サイドレール（柵）を追加され、4点で囲われた。
　しかるべき対策と思われるが、介護の現場では、その行為を生活の自由を奪うという身体拘束とみなされるらしい。
　医療の現場では、医師の指示があれば一定のルールの元で拘束できることになっている。そして今、了承のサインを求められた。

院内（ベッドから）転倒

12月3日（金）
　福祉用具担当者の森下純次さんと約半年ぶりに再会する。自宅へ介護ベッドと手すり、車椅子を運んでもらい、退院後の準備は整えられた。

　◇情報◇　福祉用具の貸与
　日常生活の自立を助けるための福祉用具が貸与される。
　自己負担の目安（1割負担の方を例とした横浜市の場合）は、貸与金額の1割（または2割）で、貸与金額は、用具の種類・品目、業者によって異なる。

福祉用具貸与

療法士さんと…

12月6日（月）

　作業療法士の河口さんのリハビリは、「今日は何から歌いましょう」と歌うことから始められた。「調子がいいね」とはやし立てられ「青い山脈」「りんごの唄」を、他の利用者も釣られて歌っている。そして、緊張を和らげてからおはじきやお手玉を使い、指先の訓練が始まった。

　ここでの生活もあと4日。3人の療法士に見ていただいたリハビリを、今後は1人でやらなければと思うとプレッシャーを感じる。

　なにより相談相手であった3人を頼りにしていただけに、母よりも私のほうが辛くなりそうだ。

12月8日（水）

　早朝バイトの最終日。短期間ではあったが、和菓子の出来上がるまでの楽しさや苦労を知ると、美味しさを倍に感じられるようになった。

　退院を明後日に控えている母のもとへ、「お会いするのが最後かもしれないので、今日のうちに挨拶しておきます」と、看護師やケアワーカー*からも声をかけていただいた。

　この病棟でも母は、ほとんどの方の名前をフルネームで覚えられていたからか、「私は誰だ？」と声をかけられるのが挨拶となっていた。

　激務をこなしながら、いつも笑顔で接してくださる看護師の一人ひとりに、母は労いと感謝を込めて名を呼んでいたのかもしれない。

　患者さんの名前も覚えていた。お互いに会話は難しく進展はしなかったが、そこはきっと、名前を呼ぶことで「あなたのことを思っています」というメッセージを伝えていたのかもしれない。

　入院期間中、そんな思いやりの姿勢を母から学び、見習いたいと思った。

＊ケアワーカー＝介護福祉士は、専門的知識・技術をもって、心身の状況に応じた介護などを行うことを業とする者。

母　平成22年1月〜12月

退院

12月10日（金）
　退院の日。療法士の3人が揃って、病室へ来てくれた。
　自宅でも引き継ぎ出来るようにと、リハビリメニューを渡された。
　また手作りカードには、母の似顔絵とたくさんの療法士からもメッセージと写真が貼られていた。どん底にあったあの日から約4ヶ月粘り強く訓練していただいたお蔭で、ここまで回復できた。

　そして、母を車椅子に乗せて、「お世話になりました」と挨拶して回る。
　院長と阿藤先生からは、「元気になったね。頑張ったね」と握手してもらえた。命があることと病を見つけてもらえたことは、紛れもなくお2人のお蔭であると頭を下げる。
　兄の車に乗り込み、我が家へ戻った。
　ベッドへ寝かせて「帰って来られてよかったね」と言うと頷いた。

12月11日（土）
　入院前後の大きな変化は色々とあるが、1つはオムツ生活になったこと。尿意の訴えにほぼ失敗がないのならば、下着に戻してあげるべきなのだが、入院したことで、当然の流れのようにオムツ生活になったことは、自尊心や葛藤にさいなまれずに、切り替えられたのではないだろうか。
　と思うのは私だけで、母の心情はどうだったのだろう。
　そこは触れずにオムツを履かせている私はズルいのか…。
　もう1つは、携帯電話の操作が出来なくなってしまったこと。
　ガラパゴス・ケータイといわれている折りたたみ式が開けられず、開けたままにしておいても、プッシュボタンが押せなくなっていた。
　入院中、携帯を渡さないでいたが、母は私達の電話番号を、忘れず暗記していただけに、もう呼び出されることはないのかと思うと、寂しい気持ちでいっぱいになる。

◇情報◇　紙おむつの給付について

　要介護1〜5に認定され、ねたきりまたは認知症の状態にあり、かつ在宅で介護を受けている場合に、紙おむつを給付。生活保護世帯等は無料、市民税非課税世帯は1割の自己負担。なお、要介護に応じて利用上限基準額がある。

12月13日（月）

　自宅にて母のケアに携わってくださる代表の方が集まり、サービス担当者会議が開かれた。ケアマネの司会進行により「まずは、ご家族から現状を」と切り出された。

　6月中旬、自宅にて転倒、入院、難病認定を受け、リハビリ病院から退院してきたことを報告し、今後のサポートをお願いする。

　まずは新たに訪問リハビリ*を希望したところ、週2回、利用可能とのこと。デイケアへは、入浴サービスの依頼と食事形体の変更希望を伝える。

　食事形態については、デイケアではお弁当を頼んでいるため、刻み食は不可能だが、手をくわえて細かくすることやお粥を提供することは可能とのこと。

　皆さんの協力があってからこそ、在宅でみられる感謝の気持ちと、院内でのリハビリ成果もあり、要介護5から4となったことを報告した。

　そして最後にケアマネへ、身体障害者手帳*について伺ってみる。

　障害福祉サービスは介護保険サービスとかなり重複しており、65歳以上は介護保険が優先されるそう。

　母の場合は、医療保険から難病対策の1つである特定疾患医療費助成制度なるものも受けられるため、申請はしなかった。

　*訪問リハビリテーション＝通院が困難で、病状が落ち着いて在宅で療養できるようになった人に、主治医の指示などにより、理学療法士、作業療法士、言語聴覚士が、自宅を訪問してリハビリを行うサービス。

　*身体障害者手帳＝身体障害者福祉法に基づく国の制度で、肢体不自由や視覚・聴覚・内部機能障害など、日常生活に支障をきたす疾病や障害がある

担当者会議

要介護認定4

場合、国が定めた医学的基準に該当していれば交付されるもの。

◇情報◇　要介護4と5
- 水道局へ減免申請を行うことにより、水道料金及び下水道使用料（基本料金相当額）を受ける事ができる。（施設等に入所、入院している場合は適応されない）
- 粗大ごみ処理手数料の減免。

12月16日（木）

訪問看護リハビリテーションの中から、療法士の佐竹さんが訪問してくださる。私と同じ位の小柄な方で、おっとりと物静かな印象。

渡された計画書には、立位能力や安定した移乗を目標とすることと、拘縮を防止し、筋肉維持の向上とあった。

支えてもらえる方が増えることは、ありがたく、心強い。

12月20日（月）

ケアマネより「パーキンソン病なら、山口先生の評判がいいですよ」と、Yクリニックを勧められ受診する。

院長である山口先生へ、紹介状を渡して問診を受けるとB病院の阿藤先生をご存じのことで、ホッとする。母への対応も優しい。

一旦、母を診察室から外させ、私にこう説明してくれた。

「食べるペースが早くなるので、気をつけてください。食事の形態は、お粥と刻み食にしてください」とのこと。

亡くなる原因として多いのは、病によって飲み込む力が衰えてしまうため、誤嚥から肺炎にかかってしまう、二次的な障害があるらしい。

そして、「転倒にも気をつけてください」とのこと。

歩行が困難になり、転んで頭を打ってしまう障害も考えられるそう。

母に聞かせないようにという配慮から、丁寧にわかりやすく話をしてくださった。また「一緒にがんばりましょう」との言葉に、安心してお任せしようと思える先生であった。

訪問リハビリ

山口先生との出逢い

同日、訪問看護リハビリテーションからもう1人の療法士が来られた。

男性でなおかつ大柄な方。服装にやや清潔感が欠けているように見られ、体臭も感じられた。また、諭す言葉の一つ一つが気になる。

その方が帰られると、母が「イヤ」と言った。

どうやら理由は、私と同じだったらしい。第一印象だけで決めては失礼とわかっていながらも、ケアマネへ連絡をし、「申し訳ありませんが、相性が合わなかったようです。出来ましたら女性を希望しています」と、今回の方はお断りさせていただきたいとお願いをする。

「週に一度の訪問がストレスになり、リハビリ事態が嫌になってしまうのも困るので、こちらから連絡を入れてお断りしておきます」と。

2人で胸を撫で下ろしつつ、心が痛む思いでもあった。

12月23日(木)

就寝前、突然「お母さんはどうなっているの?」と、私の顔をまじまじと見て言う。「どうって?」と一瞬戸惑う。

「家の中で転んで、病院へ運ばれ、半年入院して、10日前に家へ戻って来たんだよ」と説明する。母にとって、それが求めていた答えだったのかはわからないが、それ以上何も言われなかった。

12月24日(金)

退院後、Eクリニックを受診。話の合間に、「昨日、どうなっているのと聞かれました」と話をすると、江原先生は母を前にして「認知症ですね」と一言。こちらとしては、ふっとした瞬間に、まだ病室か自宅にいるのか、戸惑うことがあるようだと伝えたかったのだが、信じられない言葉が返ってきた。

この先生には、診てもらいたくないという思いが強まるが、市大病院で紹介されたクリニックであり、やめるにやめられないとも思った。

その夜はローソクに火をつけて、キャンドルサービスを味わうなか、

認知症?

「きよしこの夜」を一緒に歌い、そしてショートケーキを半分ずつ食べた。

入院中に、こそこそと甘い物を食べていたことを思い出しながら、改めて自宅へ戻って来られたことに感謝をする。

12月26日（日）
「誰の誕生日？」「知恵」「ありがとう」「おめでとう」とやり取りする。

姉からは加湿器（アロマポット）と精油をプレゼントされた。

お勧めのオレンジ・スイートを垂らしてみると、部屋中にフレッシュな香りが漂う。乾燥を防ぎ、香りでも癒され、一石二鳥の贈り物に感謝。

平成23年1月～12月　―母と娘の葛藤―

1月1日（土）
　横浜へ越してきて2年目。姉家族が家へ来て、新年の挨拶をしてくれる。孫達のお年玉は、母が毎年額を決めて、ポチ袋に名前を書いて渡している。
　昼食には「お餅が食べたい」「死んでもいいから食べたい」と言い張る。飲み込む力が劣っているのだから、そう言われても食べさせられる物ではない。
「ごめんね」と言いつつ、私は姉宅でお雑煮をいただく……。

1月5日（水）
　79歳の誕生日。姉から赤色のポンチョのようなコートを「デイケアへ行くときに着てね」とプレゼントされた。
　早速袖を通すと、脱ぎ着が楽でとてもいい感じ。
　そして、健汰と遥も花束とケーキを持って来てくれた。
　ささやかな誕生会を孫に祝ってもらえて幸せだね。

母、79歳

1月10日（月）
　一番上の梓沙が成人式へ行く前に、振り袖姿を見せに来てくれる。
　母と2人で写真を撮ると、久しぶりに笑顔が見られた。
　人生の記念すべき日を一緒に迎えられ、さぞや嬉しいことだろう。
　孫パワーの威力には敵わない。

1月19日（水）
　訪問リハビリ担当者を男性から女性に交代していただき、その方が訪問された。私は仕事で会えなかったため、「森永さんってどんな方だったの？」と尋ねるが返答なし。裏を返せば母の場合は、いい方ということ。

1月23日（日）
　夕食が終わり「サザエさん」との恒例じゃんけんを終えてから、ベッドへ戻り、パジャマに着替えさせたところで「次はなにをしたらいいの？」と私の目をじっと見て言った。
　「あとは寝るだけ」と笑って答えたが、江原先生の認知症という言葉を思い出し、もしや…と笑えなくなる。

1月29日（土）
　週2回ペースで、自宅にて入浴させている。
　浴室を温めている間、私は部屋で下着になり「誰にも見られたくない姿だね」と笑いかけ、両手引きをして風呂場に向かい、浴室のシャワーベンチに母を座らせて服を脱がせる。

　髪と体を洗い、立ち上がらせてから手すりにつかまらせおしもを洗う。いざ浴槽へ入れようとするが、テンパってしまった。
　なぜなら、初めてバスボードを使用しようとしたものの、狭い浴室にはシャワーベンチが邪魔となり、バスボードに座らせることが出来ない。ベンチをどかしたいが、母の体から手を離すことができず、にっちもさっ

自宅にて週2回入浴

ちも動けない。結局、いつも通りに浴槽をまたがせた。

この日は相次いで災難にあう。

湯船から引き上げ、浴槽をまたがせた際に、母が足を滑らせた。

支えきれず、シャワーベンチに母の太ももが当たってしまった。

幸い頭を打たずに済んだが泡を食った。浴槽内には滑り防止マットを敷いていたが、浴室にも敷いて置かなかったことが悔やまれる。

シャワーベンチの向きを変えていれば防げたものを、私のミスにより、母には痛い思いをさせてしまった。

1月31日（月）

Yクリニックを受診。山口先生より眼球運動障害について説明があった。目の動きが上下方向に動かなくなり、進行すると水平方向の動きにも制限がでて、最終的には全方向へ動かなくなるらしい。

現在、左側に軽く、その症状が見られるとのこと。

日ごろから「見えない」と言うのも、食べこぼすのも、視力低下や障害によるものであり、「見えないからデイへ行きたくない」と言うのも、決してずる休みをしたい言い訳ではなかったよう。

眼球運動障害

本を読んでわかっているようでも、まだ病を正しく理解しているとはいえない。

姉に入浴の介助を手伝ってほしいとお願いするが「ちょっと無理」と断られた。理由は、姉と私の休みが合わないこと。
もう1つ、息子である健汰には体の働きに障がいがあることで、全てにおいて介助が必要であり、誰かが付きっきりでいないとならない。
母か健汰を選べという問題ではなく、それ以上なにも言わなかった。
姉には姉のペースがあり、日中、施設で健汰をみてもらっている間、家事と仕事をこなしている。単純に仕事を辞めれば、もっと楽にゆったり過ごせると思われがちだが、そうでもない。
両立していることで、日常生活のバランスが取れているのだと思う。
まさに私も同じ。母1人を面倒みているだけで音を上げてはいられないと、姉の姿に励まされている。

2月1日（火）

ケアマネへ連絡をして、新たに手すりのレンタルを希望する。

1人でのポータブルトイレへ移乗することが厳しくなり、しりもちをついても自力で立ち上がれなくなる。

今回の手すりは、安全面を強化させるものであり、室内を1人歩きさせない役割ともなるはず。

それから風呂場で転倒させてしまったことを報告し、早くデイケアでの入浴サービスを受け入れてもらえるようにお願いする。

ケアマネ相談

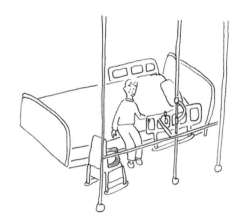

2月3日（木）
　「福は内」「鬼も内」と昨年の豆まきから、母がそう言うようになった。
　聞きなれない呼びかけに、呼ばれた鬼が家に来て、さんざん悪さをしていったと思われるほど、目まぐるしい1年であった。
　しかし、母は懲りずに今年も「鬼も内」と豆を撒いた。

　身動きが悪くなった母は、ベッドのサイドレール（柵）にぶら下がっている呼び鈴を頻繁に鳴らして、私を呼ぶようになっていた。
「おしっこ」と呼ばれるならまだしも、「カーテン」と指差し、ほんのわずかな隙間も許さず、きっちりと閉めるように指示されるのには頭にくる。また「まくら」と言われて、位置や高さを何度も微調整させられ、頭がしっくり馴染むまでやり直させる。
　極めつけは「ティッシュ」と言われて、枕元に置いてあるティッシュボックスから、ティッシュペーパーを1枚欲しいがために呼ばれると、怒り心頭に発する。

　次第に呼び鈴が鳴っても、すぐには顔を見せないでいると、母は母で私が来るまで鳴らし続けている。
　全てを引っくるめて病のせいにしたとしても、イライラとため息を繰り返す日々…素直に従えないときだってある。

2月4日（金）
　兄に頼み、浴室用マットを買って来てもらった。
　そして、母と一緒に散歩へ行こうと誘うが「時間がないから」と言い、30分もいないで帰ってしまった。本当につれない兄……。
　2人で暖かい日差しを体に浴びながら、梅のつぼみを指差すが、母にも見えたのだろうか……。

2月6日（日）
　浴室用マットを敷いてシャワーベンチを置き、母を誘導させる。

髪と体を洗い終わり、浴槽へと立ち上がった瞬間に排便をした。
「えっ」と言っても間に合わず、どうすることもできない。
「信じられない」と言って怒ってみても、状況は変わらない。
　母は相変わらず無表情だが、バツが悪そうに一点だけを見ていた。
　このときばかりは、「大丈夫よ」と優しく声をかけることができたが、心の動揺は隠せただろうか……。

2月11日（金）
「雪が降ってるよ」と母を起こすと、すかさず「デイには行きたくない」とのこと。この天候ならば無理もないと思いながらも、「行って、お風呂に入っておいで」と言うと、「早く死ねばいいと思ってるんでしょう」と思わぬ言葉が返ってきた。一瞬、胸が潰されたように息が詰まり、「なに言ってるの」と奥歯を噛みしめる。
　するとまた「早く死ねば知恵も楽になるでしょう」と。
「そう思ってたら、こんなに面倒みてないよ」と、強く戸を閉めた。
　はらわたが煮えくり返るほどの怒りが込み上げる。
　とても冷静に身支度を整えてあげられる気分ではない。
　だからといって、顔を付き合わせているのも嫌だが、デイを休ませた。やりきれない思いで、もんもんと過ごす。遺書を書き、胃ろうを受けないと言った人があんなことを言うのだろうか。
　親が子供に対して言う言葉なのだろうか。
　神様を信じている人が、言う言葉なのだろうか。
　ただただショックだった。

　その夜、姉が来た。寝ている母を睨みながら、今朝の話をすると、「そんなこと言うんだ」と驚いていた。その表情を見て、ふっと、あのようなことを言わせたのは、私のせいかもしれないと……。
　先日の入浴中でのそそうが、相当にこたえていたのかもしれない。
　それをこんな雪の降る中「出かけて」と言われ、母は母で、怒りや不安をぶつけてきたのかもしれない。

早く死ねば1

2月12日（土）
「今日は誰の誕生日？」「恭子」。
　母と書いたメッセージカードを姉に渡したが、ミミズのはった跡のような字を読めただろうか……。

　その後、加湿器には精油を入れてフル活用している。
　ベッドで大半を過ごす母のために、日中は柑橘系で爽やかな香りにし、夕方から夜にかけては、ラベンダーでリラックスさせるよう切り替えている。また、季節柄、喉や鼻のケアには、ペパーミントやユーカリを加えたり、心身共にこたえる日には、クラリセージを数滴加えることもある。

2月14日（月）
　Eクリニック受診。昨日、今日とめまいを訴えていることを伝えると、軽い脱水症状がみられ、それが原因でもあるとのこと。
　前回の血液検査の結果では、肝機能が低下しているそう。
　まずは、水分補給をしっかり摂取することと、就寝前に新たにインスリンを打つようにとご指示があった。

脱水症状

3月3日（木）
　姉が桜餅を買って来てくれた。3人でお雛様を見ながら、「あかりをつけましょ　ぼんぼりに〜」と歌を歌う。
　そして、桜餅を母の鼻に近づけて匂いをかがせると、餅を摘まんで食べる仕草をした。
　あまりのお茶目な姿に、姉と笑ってしまったが、母はいたって真面目、「喉から手が出るほど」我慢出来ずに手を出したのだろう。
　それでも餅はあげられず、あんこだけを食べさせた。

3月7日（月）
　朝から雪が降っているため、予約していたEクリニックをキャンセル

低血糖症状

した。

その晩、「助けて」と母が叫んだ。

起きて見てみると、全身に汗をかき、シーツまで濡れていた。

血糖値は、34mg/dl。低血糖だ。急いでブドウ糖飴を舐めさせてから着替えさせ、シーツも交換してから、スポーツ飲料水を温めて飲ませる。

30分後に血糖値が上がっているのを確認してから休んだ。

3月8日（火）

デイケアへ「行きたくない」と言われたが、私が美容院の予約を入れていたため、無理やりに行ってもらう。

その晩、就寝する前に、母の顔をのぞき見ると、眉間のシワが強く見られ、髪の毛が汗で濡れていることに気づき、布団を剥ぐとまた全身に汗をかいていた。

血糖値は、42mg/dl。2日続けての低血糖症状は初めてのこと。

母に自覚があったとしても、自身で対応は出来ない。

声を発してくれれば気づいてあげられるが、もしも、私が気づいてあげられなかったら……。もしも、外出していたらと思うとゾッとする。

◇情報◇「低血糖の症状」

血糖値(mg/dl)

70～ 空腹感、あくび、悪心。

50～ 無気力、倦怠感、計算力減退。

40～ 発汗（冷汗）、動悸（頻脈）、震え、顔面蒼白、紅潮。

30～ 意識消失、異常行動。

20～ けいれん、昏睡。

▶参照《http://www.uemura-clinic.com/dmlecture/hypoglycemia.htm》

3月9日（水）

Eクリニックへ連絡をして、診てもらえるようお願いする。

自己管理ノート（血糖値表）を見せながら、深夜の低血糖症状を伝え

ると、「就寝前にインスリンを打っているからでしょう。中止しましょう」と素っ気なく、一言で返されてしまった。

　新たなインスリンを処方され、指示された通りにした行為が、あの症状を引き起こしていたと思うと、腹が立ち、ますます不信感は募るばかり。
　市大病院から紹介されたクリニックのため、本当にどうしていいのかわからない。

3月11日（金）
「頭が痛い」「めまいがする」「休みたい」と、デイケアへ行きたくない理由を言い続けている母。
　この日私は、以前勤めていた職場（杉並）へ行く予定だったため、また母の訴えを無視して、デイケアの迎えの車に乗せていた。

東日本大震災

　久しぶりにオーナーと同僚と食事をし、ゆっくりお茶を飲み終えた。
　15時の電車に乗ろうと、別れの挨拶をして席を立った瞬間、店内がぐらぐら、がたがたと大きく揺れだした。
　外へ飛び出すと電線は波打ち、目の前の駅に停車している電車は、尋常でない揺れ方をしていた。
　阪神淡路地震を経験したスタッフは、いち早く店を飛び出し、駅前広場でしゃがみ込んでいた。駅からは、「安全が確認できるまで停車いたします」と場内アナウンスが流れた。
　すぐに姉へ連絡をし、母の出迎えをお願いした。またすぐに義兄と三宅先生からもメールがあり、一先ず皆の安否確認ができた。
　2時間経っても目の前の電車は動かず、しびれを切らした私は「渋谷まで歩きます」と言うと、オーナーに止められ、一旦、オーナーのお宅へ一緒に戻ることになり、道中、車の大渋滞わきを歩いた。
　家へ上がると、泥棒に荒らされたように物が散らばり落ち、大きなスタンドも倒れて割れていた。
　自宅の様子も心配だが、何よりも姉が、母の低血糖症状やインスリン

の打ち方を知らないことのほうが心配であった。
　その姉も健汰をみなければならないため、更に不安が募る。
　携帯電話は繋がらず、20時過ぎにやっと固定電話にて、姉と連絡が取れた。母の食事は済んだよう。
　あれこれ説明をしたが、どれだけ理解してくれたかはわからない。
　1人で母をみていた落とし穴が、こんなときに気づかされるとは思ってもみなかった。
　東北の映像と交通機関のストップしている情報だけが繰り返し流されているニュースを、ただ黙ってじっと見ていた……。
　22時頃、一部の電車が動き出したようだが、渋谷駅の大混乱映像を見たオーナーからは、「今はまだ動かないほうがいい」と冷静に判断をしてくださった。

　深夜1時頃、オーナー宅を出ると、相変わらず車は渋滞していたが、電車の中は空いていた。
　渋谷駅も横浜駅も、至る所に新聞紙や広告用紙が落ちており、多くの人が身動きできず、座って待機していた様子がうかがえる。
　それでもまだ、行き交う人や改札近辺の階段隅には、うずくまって座り込んでいる帰宅困難者の姿が見られた。とても異様な光景だった。

　4時半頃、「ただいま」と部屋へ入ると、私のベッドに寝ていた姉が「お帰り」と言って、すぐに寝てしまった。
　母をのぞき見ると、目をぱっちり開けて「帰って来ると思った」と、小声ながら言ってくれたことが、嬉しくて頭を撫でた。母のベッドへもぐり込み、無事に帰って来られたことを感謝して目を閉じる。

3月12日（土）
　テレビからは、目を覆いたくなるような津波の映像、そして、原発爆発の瞬間を見てしまった。
　災害に見舞われた方々の無事を祈りつつ、今、私はこの小さな家庭を

守ることで精一杯だと、言い訳することしかできなかった。

　防災リュックを開けて、緊急時の連絡先とメモ帳、オムツに水、とろみ剤と飴、薬とおくすり手帳※、保険証のコピーに防寒用品を確認する。
　そして今回のことがあり、インスリン注射や血糖測定方法を私以外の人にも扱えるよう、手順を紙に書き出してしまう。
　もう1枚は、誰もが見られるようにと、母のベッド脇にぶら下げた。

　＊おくすり手帳
　一括して情報が得られるため持ち歩いていると、緊急時や医療機関に手帳を見せれば、適切な治療が受けやすくなる。

3月14日（月）

計画停電

「計画停電」というものが、今日から開始すると新聞やニュースで報道されている。原発事故により、東京電力からの電力需給が厳しいため、このようなことが行われるとのこと。

3月16日（水）
　今朝は静岡県震源の地震があった。
　計画停電の予告もされており、交通機関もまだ心配される。
　母のそばを離れられず、目の前のことだけを心配している自分。
　わがままをいい、仕事を休ませてもらった。
　そのお陰といってはなんだが、リハビリ水曜日担当の森永さんと初めてお会いすることができた。
　活発そうでありながら、声のトーンが落ち着いて聞こえる。
　森永さんには、ヘルパーとの連絡帳を共有して見てもらっていた。
　なにか変化を感じられたことや、その原因と思われることなど、小まめにメモ用紙に書き残してくれていたお礼を、やっと直接伝えることができた。

月曜日担当の佐竹さん訪問時には、私もウチにいるが、かえって母を目の前にして、なかなか進行状況を言い出しにくいこともある。
　そうしたなかで、森永さんとのやり取りを担当者同士が情報共有とし、引き継ぎされていることがなんともありがたい。

4月7日（木）
　エントランスの植木の植え替えを、姉と作業する。
　土いじりはいい気分転換になりつい没頭してしまい、母のトイレや水分補給のタイミングが遅くなってしまうほど夢中になってしまう。
　その晩、母を寝かせてからお風呂に入ったところに大きな地震があった。慌てて様子を見に行くと、目をパッチリ開けて、私が来るのを待っていたよう。
　「逃げるときは、おぶってあげるからね」と言うと、「ありがとう」と。安心したのか目を閉じた。

4月11日（月）
　深夜1時、気配を感じて起きてみると、母の目が開いていた。
「トイレ？」とのぞき込むと、また汗をかいていた。
　血糖値を測定すると、200mg/dl。ただの寝汗ではないよう。
　着替えさせ、水分補給させてから寝かせる。

4月13日（水）
　24時半、寝る前に母の様子を見てみると、なにか違って見られる。
　布団を剥がすと、また全身に汗をかいていた。血糖値は、145mg/dl。

4月14日（木）
　24時、またもやパジャマとシーツを交換するほどの汗をかいていた。
　血糖値は、227mg/dl。これでも低血糖症状というのだろうか。
　水分補給をさせながら、「自分で汗かいてるのがわかる？」と聞くと、首を横に振った。

全身に汗

もしもこのまま気づいてあげなければ、風邪を引かせてしまう。
私が気づいてあげなければいけない…という日々、同じ思いを繰り返しているとうつになる…。

半年ぶりの歯科検診

4月16日（土）

車椅子に母を乗せて、約半年ぶりの青山歯科検診。

入り口には階段があり、建物に入ってからも階段があることに少々気が重くなるのだが、毎回、待ち合い室で待っている患者さんや和子先生が、飛び出して手を差しのべてくださる。

今回も虫歯はなく、歯垢取りのみで終わったが、前歯3本がぐらぐらしているのが気になる。

現段階では、まだ持ちこたえられそうだが、歯を抜くとなると、糖尿病患者の場合は、まず内科医に相談をし、血糖コントロールが安定しているか、確認してからでないと実施できないらしい。

また傷が治りにくいこともあり、どんな手術を受ける際にも、感染リスクが高くなるため、最善の注意を払う必要があるとのこと。

4月22日（金）

ケアマネに「ヘルパーの資格があるなら働いてみたら」と勧められた。以前のように母が一人歩きする心配もなくなり、自分自身のために時間を持てたらと思っていたが、正直、仕事でも介護という気分にはならない。

午後は、姉がずっと気になっているという花屋へ、一緒に行く。

生花はもちろん、苗や観葉植物の種類も多く扱っており、見ているだ

気分転換・花屋

けでウキウキしてくる。
　そして「ここでお手伝い出来たら」と心の声が聞こえた……。
　姉は、苗と観葉植物を選び、レジへ持って行くと、感じのいい女性店員さんが負けてくれた。

4月23日（土）
　翌日、花屋へ行くと、あの気前のいい女性店員さんがいらした。
　唐突に、「ここでお手伝いさせてもらってもいいですか？」と尋ねると、目を丸くさせながら「ウチは、いつでもいいわよ」と二つ返事で返ってきた。この方が、なんと店長の近藤恭子さんだった。
　堅苦しい説明はまったくされず、逆に希望があったのは私の方であった。
　在宅で母をみているため、デイケアを利用している、ほんの少しの時間にしか来られないことを伝えると、店長のご自宅でも、90代のお母さんがおられるとのこと。
　境遇を理解していただき、名前と連絡先を書いたメモを渡し、5月から週2日のボランティアをさせてもらうことになった。
　「昨日の今日で」と、姉が一番驚いていた。

5月4日（水）
　ゴールデンウィーク祝日といっても、世田谷へ仕事に行く。
　5時半に起きて、6時に朝食を食べさせ、7時半に出かけるのだが、ここ最近、全てにおいて介助に時間がかかるようになり、いつもギリギリに家を飛び出す。こんな日に限って、母は便が出ると言うから頭にくる。
　タイミングを逃すまいと思いつつ、つい口調も厳しくなってしまう。
　当たってもしょうがないと、自責の念に駆られながら、満員電車に飛び乗るが、乗り換えが片道で4回ともなると、週2回でも気が重くなる。
　しかしその裏で母は、リハビリやヘルパー訪問によるケアを受けられていると思う。私1人が辛くて頑張っているわけではなく、皆さんに支えていただいているのだと思うと、帰り道は、怒りの感情は消化されて、

仕事前に…

元気を取り戻せている。

5月5日（木）
　母のリクエストで、柏餅の「味噌あん」を買う。
　カシワの葉の香りを嗅がせてから、あんを食べさせると、オッケーサインを出した。

5月6日（金）
　母をデイケアの車に乗せてから、花屋へ直行し、挨拶もそこそこに、苗の水やりからお手伝いする。
　母のことを一切考える暇もなく、あっという間に2時間経っていた。
　店長から、「終わりにしましょう。なにか飲む？」と自動販売機を指差す。お言葉に甘えて、ジュースをおごっていただいた。
　どこの誰かもわからないような私を、温かく迎えていただき感謝。

5月12日（木）
　ケアマネ訪問。「寝ているばっかりじゃだめよ」と言われながらも、いつも狸寝入りしている母。ばれているのにねと、2人で笑う。
　1ヶ月に一度、そんな態度を心得てくださり、母と私の体調や心配事などを、さりげなく感じ取ってくださる。

　深夜3時、「知恵」と呼ばれる。
「飲みたい物がある。飲まなきゃ死んじゃうの」と寝ぼけているよう。
　なにを飲みたいか聞いてみるが、さっぱりわからない。
　結局、スポーツ飲料水を温めたものを飲ませて寝かせた。

5月19日（木）
　3月に健康診断を受けた私へ、「再検査の通知が届いているので、早

花屋手伝い開始

乳がん再検査

く受診をしてください」とクリニックから連絡がきた。
　約10年前、右胸にしこりが見つかってからは、毎年検診を受けているが、2〜3年に一度は、こうして引っかかってしまう。

5月26日（木）
　今回は左胸に影が見られるとのこと。再検査にて、マンモグラフィーとエコーを受けるが、影のサイズに変化は見られないため、問題ないそう。
　私になにかあったらという不安は、その場で吹き飛んだ。
　胸を撫で下ろすとは、まさにこのこと。

5月28日（土）
　深夜1時、気配を感じて起きてみると、また母が寝汗をかいていた。
　血糖値は、273mg/dl。今月で3回目。
　いずれも母には自覚はないらしいが、寝ている私が気づくのだから、なにかしら違和感を感じているはず……。

父の墓参り

6月3日（金）
　母をデイケアへ送り出し、父の墓参りに行く。
　青葉生い茂る坂道を登ると、隣の敷地の小学校から、子供達の賑やかな声が聞こえてくる。季節によっては、ウグイスやヒバリのさえずりが心地好く、チョウチョやトンボが出迎えてくれることもある。
　「千の風になって」が思い出され、父を強く感じられる。
　また、小高い所から眺める景色は、どこか父のご先祖様が眠っている、広島のお墓に来たような気分にもなる。
　墓石に触れ、「お母さんのことを見守ってね」と、呟いて帰って来る。

6月5日（日）
　父の命日に、大好きだった刺身とビールで乾杯する。
　下戸な母だが、この日は3口飲む。「大丈夫？」の言葉に、首を振る母と顔を見合わせて笑い、父がくれた幸せなひとときに感謝する。

血糖値上がる

6月6日（月）

　Eクリニックを受診。寝汗が続いていることを伝えてから、自己管理ノートを見せた。血糖値が、300〜400mg/dlまで上がっているのを見て、「このままでは、脳卒中になってしまう」と言われた。

　それでもこちらの求めている治療や説明はされず、ただ不信でならない。

　こういう場合、セカンド・オピニオンを求めたいところだが、それには、やはり主治医である江原先生へ直接相談して、紹介状などを書いていただく必要があるだろう。

　◇情報◇「糖尿病性昏睡の主な症状」

　１型糖尿病患者に多く見られます。高血糖の状態を放置すると昏睡に陥り大変危険な状態になります。

　〈糖尿病性昏睡の主な症状〉

・著しいのどの渇き・脱水＝血糖が高くなると薄めるために水分が血管内に移動し、血液量が一時的に増えます。そのため、尿量が増えて脱水状態となり、のどが著しく渇きます。

・悪心、嘔吐、腹痛、下痢＝脱水により、電解質のバランスが崩れて体の調子が悪くなり、全身倦怠感や腹痛、下痢などの症状として現れます。

・ショック、昏睡＝高血糖状態がひどくなると起こります。（血糖値500mg/dl以上）

　▶参照《 http://www.pharm.co.jp/kenko/tounyoubyou/konsui.htm 》

ヘルパー遅刻

6月11日（土）

　11時半にお願いしているヘルパーが、１時間遅刻をしたらしく、13時に家へ戻ると、食事をしている母の横にいたヘルパーと別のスタッフが謝ってこられた。

　ムッとしたが、食事をしている母を思い、落ち着いて話をする。

「ここのところ糖尿病による症状の１つで、全身に汗をかいてしまうこ

とが立て続いているので心配しています。特に空腹時には、低血糖という症状も出やすくなるので、今後このようなことがないよう気をつけてください」と伝える。

その晩、血糖値はガクッと31mg/dlまで極端に下がり、まったく油断できない毎日が続く。

6月13日（月）
　ケアマネ訪問。まずは、ヘルパー遅刻の件を謝ってこられた。
　母が指名したいほど気に入っている方だったため、もう何も言わなかった。
　それよりも、血糖コントロールがうまくいっていないことを伝えると、母のことより「知恵子さんは寝られていますか」と心配された。介護者が倒れては、元も子もないことをよく知っているからだろう。
　幸い寝付きがいいので、不眠を感じられたことはないと話す。
　それでもやはり私になにかあった場合、母の受け入れ先があるか尋ねてみると、インスリン治療を行っている場合は、看護師の対応が必要となるため、受け入れてくれる施設は限られてくるので調べておいてくださるとのこと。

受け入れ施設!?

6月16日（木）
　母が倒れ、入院したあの日から、ちょうど1年になる。
　今、こうして生活を送れていることに感謝して、朝を迎えた。

　それもつかの間、姉からのメールで、健汰が急遽入院することになったと連絡が入る。実は前日、ふらついている健汰を母の車椅子に乗せて、近所の病院を受診したところ、なにか感染症にかかっているかもしれないと言われたらしい。
　今朝、症状が悪化し、違う病院を受診したところ、即入院が決まったとのこと。原因はわからないが、個室に入り、姉が付き添いで泊まり込

むことになった。

6月18日（土）
　いつも通りに仕事へ行く。昼食時、ヘルパーが訪問してくれるまでの4時間の間、いつもなら姉に母のトイレ介助を任せているが、当分は紙オムツで我慢してもらわなければならないよう。
　今日は学校が休みの遥に頼んで、助けてもらえた。

6月19日（日）
「見えない」「いらない」と言うことが多くなり、食事量も減っている。次第にスプーンもうまく使いこなせなくなっている。
　カタログを見て、ゴム製のヘラ状のスプーンや、使う人に合わせて柄を上下左右に曲げられる物など試してみるが、いずれもしっくりいかないよう。

　結局、もともと使用していたスプーンに、らせん状のグリップを柄に取り巻き付けられた物が、一番馴染んだよう。皿も傾斜した底に、片側が深くなっていて、最後まですくいやすいように工夫されている物を使用している。
　しかし、母の場合はすくえないというより、眼球運動障害や糖尿病による視力低下症状も重なり、見えないことが問題である。だからといって手伝い過ぎてはいけないし、出来ることを取りあげてはいけない。
　トイレや着替えも、ほどほどの加

スプーン（自助具）

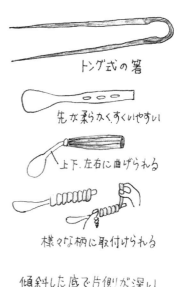

トング式の箸

先が柔らかくすくいやすい

上下、左右に曲げられる

様々な柄に取付けられる

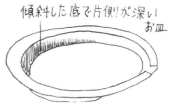

傾斜した底で片側が深いお皿

減に介助するのが難しく、口は出すが手は出さないよう、見守るにも忍耐と我慢が必要である。

◇情報◇　自助具
加齢や障害のために普通の道具が使えなくても、さまざまな自助具が販売されている。特に食事用の自助具は種類が多く、最後まで自分の力で食べるための心強い味方である。

6月24日（金）
昨日退院したはずの健汰が急変し、再入院となる。
なんと肺に、約2リットルの水が溜まっているらしい。
一夜で溜まったのか、見過ごされたのか、私達には知る由もない。
酸素マスクを取り付けられている姿に「死」を意識したと、後日、姉から聞かされた。

7月29日（金）
父の誕生日。母をデイケアへ送り出したあと、お墓参りへ行った。

その夜、寝ていた母が「黒いビニール袋ある？ 2枚ちょうだい」と言う。
「どうするの。ゴミを捨てるの？」と聞くと頷いた。
「今日はもう遅いから、明日ね」となだめて寝かせた。
ただの寝ぼけだろうが、夢の中で父に呼ばれているのだろうか……。

8月1日（月）
健汰が無事に退院した。母の発汗症状は、まだ続いている。
一晩で5回着替えさせることもあり、気づくと母をポータブルトイレに座らせ、私はベッドサイドに腰掛けたまま寝てしまい、肩を揺すられて起こされることもしばしばあった。
日中の頻尿もひどく、30分間隔で「おしっこ」と呼ばれる。
尿パッドにしてほしいとお願いするが、聞いてはくれない。

頻尿・発汗症状続く

せめて１時間に１回と言っても、時計を見られなくなっている母には通用せず、呼び鈴を私が来るまで鳴らし続ける。
　無視する私と根比べをするが、結局、いつも負けてしまう。

８月５日（金）
　姉に愚痴ると、「ショートステイ*を利用すれば」と言われた。
　考えていないわけではなかったが、絶対に嫌がられると思い、これまで言い出せなかった。

　午後は、Ｅクリニック受診。この１ヶ月間、低血糖値31mg/dlから高血糖値424mg/dlまで変動があったことと、深夜から明け方にかけて、着替えを必要とするほどの寝汗をかいていることを報告する。
　それでも江原先生は、「脳卒中も怖いが、低血糖も怖い」と、平行線をたどる。
　しかし、その夜も寝汗をかいた。このままでは、母の頭も体もいかれてしまうと不安にかられるが、私にはなすすべがない。

　＊ショートステイ（短期入所生活介護（福祉施設でのショートステイ））＝家庭における介護が一時的に困難になったときなどに、福祉施設に短期間滞在し、食事や着替え、入浴などの日常生活の介護やレクリエーション等を受けるサービス。滞在する部屋の種類によって利用料金が異なる。
　自己負担の目安（１割負担の方を例とした横浜市の場合）は、１日あたり703～1,030円と、食費(1,380円/日)、部屋代（１日あたり370円～1,970円）、日常生活費などがかかる。送迎サービスを利用した場合は、片道198～201円が加算される。オムツ代は介護保険に含まれる。※食費・部屋代は国が示す標準的な金額です。具体的な料金は各施設へお問い合わせください。

８月11日（木）
　日中、昼寝をしないと体がもたなくなってきている。
　８月の日記帳は、字も感情も乱れている。

ショートステイ説得

その理由の1つに、「おしっこ」と呼び出されることが、5〜10分間隔に狭まっていた。

呼び鈴が鳴るたびに、「さっき行ったばっかりでしょう」とテーブルや壁を、手や本で叩きつけては怒鳴ってしまう。

ケアマネ訪問。事前にショートステイ希望を電話にて相談していた。

さりげなく話題に触れてもらい、「1ヶ月に一度、2泊くらいでショートステイを利用してみませんか？」と母に話をしてもらうが、目を閉じたまま、首を横に振る。かたくなに嫌がる母に「知恵子さんが倒れたらどうするの」と、粘って説得してもらう。

最後まで目を閉じていたが、首を縦に振ってくれ、思わず「ありがとう」と、母を抱きしめた。

その夜の血糖値は、451mg/dlと最高記録が出たのを見て、いつ倒れてもおかしくないと不安にかられる。

水分補給と着替え、尿パッドを交換する毎日に、母よりも先に私の頭と体がいかれそうだ。

8月21日（日）

感情の乱れ

とうとう感情のコントロールが利かなくなり、母のパジャマをベッドへ叩きつけると、母も頭にきたのか、ろくに出ない声で「完璧な介護をしなさい」とまで言った。

奥歯を噛みしめながら「これ以上のことはできない」と言い返す。

次になにを投げてやろうかと、目で探すが、母を傷つけてもいけないし、賃貸の部屋を傷つけてもいけないと、冷静でもいられた。

早く死ねば2

極めつけに、また「早く死ねばいいと思っているでしょう」と言われ、胸が締めつけられる。あまりにショックが強く、壁に枕を叩きつけた。

毎日、母を中心に過ごしていると逃れたくなることもある。

自身が追いつめられていると察して、外へ飛び出す。

もんもんとしながら1時間程歩いて戻ってみると、母は寝ていた。

その姿に、不思議と気持ちは静まっていた。
　いとおしくて、頭を撫でて「ごめんね」と言う。
　父が幼い私の寝顔を何枚も撮ってくれたことや、母が風呂場で、おねしょの始末をなにも言わずにしてくれた記憶が甦った。
　寝顔を見られる側から見る側になり、食事や排泄の面倒をみる立場に逆転したのだと思うと切ないが、受け止めなければならないよう。

8月23日(火)
　三宅先生がお見舞に来てくださる。自己管理ノートを見られ、血糖コントロールができていないよう…と言われた。
　それから「この部屋に湿度計は置いてありますか」と。
　快適だと感じるのは、温度で見るのではなく湿度が重要とのこと。

　◇情報◇　快適な湿度・湿度の目安

季節	室内温度	室内湿度
夏	25～28℃	55～65％
冬	18～22℃	45～60％

　▶参照《http://www.crecer.jp/Q-A/HTML/A-11.html》

9月1日(木)
　結局、Eクリニックにはなにも告げず、近所で糖尿病を診ていただけるUクリニックを受診する。若い女医先生だが、母と私に説明してくださる姿勢は、とても丁寧であった。
　自己管理ノートを見るなり、やはりこの血糖値に対して、インスリンの量が少なすぎると驚かれていた。
　これで脳卒中のリスクが、少しでも軽くなるかと思うとホッする。

9月2日(金)
　ケアマネ訪問。「寝たきりではよくないから」と、安定した椅子を置くように勧められていた。

リクライニングチェア　担当者会議　症状の進行

　要は、同じ姿勢で1日を過ごさせてはいけないということらしい。
　ただ座るだけと侮(あなど)らず、起き上がることで視界を変化させたり、移乗させることで筋肉の衰えを防ぐこともできる。
　早速リクライニングできる、座り心地のよさそうな椅子を購入したが、母は5分も座っていられず、ベッドへ戻ると言ってきかない。

　せめて5分だけでもと座らせるが、しまいには「おしっこ」と言い出す。
　奮発した分、余計に腹が立ち「子の心、親知らず」とケアマネに話すと、「諦めないで続けてね」と苦笑いされた。

9月8日（木）
　デイケアの療法士柴田葉奈子さんの呼びかけにより、自宅にて、担当者会議が行われた。母がいるため、詳しい病状や状況説明は難しい。
　柴田さんが気を利かせて、事前に現状説明を各担当者へFAXしてくださっていた。

〔身体機能面〕
　ここ2〜3ヶ月で、進行性核上性麻痺の症状が顕著に進行している。
　筋力低下はみられないものの、姿勢反応障害や危険認知の低下がみられる。
　6月頃は、T字杖でも歩行可能であったが、現在は両手引き介助をしても足が出づらく、介助があっても、いつ転倒してもおかしくない状況。
　リハビリ場面でも以前出来ていた動作が、日に日に出来なくなっている状態。

〔ADL〕日常生活動作
　特に嚥下、摂食障害の進行が顕著。
　6月頃までは、増粘剤（とろみ）もごく少量で、むせなく飲めていたが、現在は増粘剤の量を2〜3倍増量しなければならない状況。
　摂食に関しても、食器の形状や高さの工夫のみで自力摂取出来ていた

が、現在は箸動作も難しくなり、口までのリーチは自力だが、すくい、つまみ動作に一部介助を要している。

摂食動作全体で考えると、4～5割介助を必要とする。

〔精神機能面〕

職員を呼ぶ際にジェスチャーが増え、話しかけに対しても反応が鈍く、頷きなどの非言語で返答することが多くなった。

仮面様顔貌(かめんようがんぼう)が目立ち、ほとんど表情の変化が見られない。

手作業にしても集中力が短くなり、進行性核上性麻痺による高次脳機能障害*が目立ってきている。

*高次脳機能障害＝認知や行為の障害で、脳血管障害以外には脳外傷の後遺症として起こる。具体的には、注意障害(気が散りやすい)、地誌的障害(道順がわからない)、記憶障害(新しいことが覚えられない)など症状は多彩。

〔今後について〕

進行性核上性麻痺はパーキンソン病とは違い、急速に症状が進行する。

本人の進行スピードを考えると、数ヶ月には車椅子の生活になると思われる。また、嚥下障害が進行し、誤嚥性肺炎によるリスクも高まる。

高次脳機能障害も進行し、介助量が増大することは明らか。

どんなにリハビリをしても症状の進行を止めることは難しいため、今後はリハビリの実施というよりも、いかに残存機能を活かしていくかを考える時期にあると思われる。

◇情報◇　パーキンソン病の症状

• パーキンソン病でみられる運動症状

パーキンソン病は運動症状(体の動きに関する症状)によって、だんだんと体の動きが不自由になっていく病気です。パーキンソン病には4大症状とよばれている特徴的な4つの運動症状があります。

・手足がふるえる／振戦(しんせん)　　・手足の筋肉がこわばる／筋強剛(きんきょうごう)

・体の動きがにぶくなる / 無動・寡動　　・たおれやすくなる / 姿勢反射障害

- パーキンソン病でみられる非運動症状

　非運動症状とは「意欲がわかない」などの運動症状以外の症状のことをいいます。ほとんどの患者さんが、運動症状と非運動症状の両方をうったえていることがわかりました。

　　・意欲がわかない　　・便秘　　・夜眠れない　　・よだれがでる
　　・においがわからない

9月12日（月）
　Yクリニック受診。山口先生に情報提供書を見せると、やはり「進行を止める薬はありません」と。

　発汗症状について伺うと、パーキンソン病は、自律神経の交感神経と副交感神経に影響を与えるそう。体温調整がうまくできなくなり、手足が冷えたり、胸から上、特に顔面に多量の汗をかくらしいが、現れる症状は様々とのこと。

9月14日（水）
　初ショートステイを利用する。ホームの責任者と介護士、栄養士や看護師の方々と打ち合わせをしてから部屋へ案内された。
　下着から歯ブラシまで、持ち込む荷物を用紙に書き込みながら、同時に名前が忘れられていないか、確認してから棚にしまわれる。
　母と2人きりになり「16日の金曜日に迎えに来るね」と言うと、「もっと早く来て」と寂しそうな顔を見ていると、このまま連れて帰りたくなる。

「2日寝たら迎えに来るね」と、なかなか去れずにいたが、握っていた手を思いきって離し部屋を出た。

　罪悪感のような気持ちを引きずりながら家路に着く。

ショートステイの初利用

私の休日

　すぐに母の寝具を外して、洗濯と掃除を始めた。
　本当なら待ちに待ったこの日、映画鑑賞をしたあとで、外食しようと思っていたが、実際には出かけるのも億劫になってしまった。
　1人で過ごすのは、入院以来、9ヶ月ぶりのこと。
　今の私にとっては、湯船にゆっくり浸かり、控えていたビールを飲んだあと、ぐっすり寝られることが、一番の休息であった。

9月15日（木）
　逗子海岸へ行き、波乗りを終えた姉と合流する。
　姉は1ヶ月に一度、海へ来られることを励みに、日々頑張っている。
　パワフルな姉を尊敬するが、怪我をされてはと思うと、大手を振って海へ送り出すことが出来ないのも、正直な気持ちである。
　そして今日は、健汰も地域活動ホームのショートステイを利用させてもらっている。

　海の近くで働いている姉の友達と共に、お薦めのお店へ行く。
　日常から解放され、時間を気にすることなく過ごせることに、ささやかな贅沢を味わう。

9月16日（金）
　ホームへ迎えに行く。食堂にいた母を見つけ「お待たせ」と声をかけると、第一声が「ゆっくり休めた？」となんともいじらしい。
　あれほど嫌がっていたはずなのに、親心な言葉に涙腺がゆるむ。
　感謝して「ありがとう」と言って抱きしめた。

9月22日（木）
　Uクリニック受診。尿検査の結果、膀胱炎ではないそう。
　血糖値も安定し、寝汗の回数も減ってきているが、頻尿には悩まされていたため、せめて夜だけでも寝かせてもらえるようにと、毎日服用できる睡眠剤を希望し、マイスリー錠を処方していただいた。

睡眠剤

言語聴覚士訪問

9月29日（木）

　入院以来、初めて言語聴覚士の方を希望し、昼食を取る様子から嚥下評価をしていただいた。飲み込みはじょうずにできていて、食事形態も今のところ、一口サイズでいいそう。

　気になる点は、喉仏がかなり下がっているらしく、咽頭の筋肉の動きが低下し、飲み込みが悪くなっているよう。

　また、無意識に前かがみになることで胸の筋肉は低下し、呼吸が浅くなり、小声になっているとのこと。

　現在、言語聴覚士によるリハビリは、調整がつかずに訪問はできそうにないが、週2回のリハビリの時間に、出来る範囲のことを指導され、引き継いでもらえるようにしてくださるそうだ。

10月1日（土）

　ダイニングの椅子にはひじ掛けがないため、母の体が右へ右へと重心が傾いていく。

　ヘルパーの勝田亜由美さんからも、食事介助の際に体が斜め前に傾き、ずり落ちそうになることもあり心配だと、連絡帳に書いてあった。

　また、入浴時もひじ掛けのない椅子に座らせているが、前かがみになってしまう体を支えながら、洗うことが難しくなってきた。

　この、首下がりになり体が片側のみに傾いていく症状は、姿勢反射障害の1つらしい。

　そして介護カタログから、シャワーベンチを見ていてひらめいた。

　ダイニングと風呂場を兼用して使用できれば、一石二鳥になるのではないかと、福祉用具担当の森下さんに尋ねてみたところ、やはり、実際に両刀使いで使用している方がおられるそう。

　それを聞いて、折り畳み式のシャワーベンチを購入した。

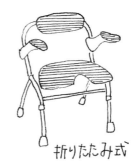
折りたたみ式

10月3日（月）
　療法士佐竹さん訪問。いつもより5分程早目に切り上げて、残りの時間で、嚥下障害を改善させるための運動と発声練習が始まり、佐竹さんと一緒に「あー」と声を出す。
　次は大きく咳払いをさせるのには、万が一、誤嚥しても、むせて吐き出させる練習のよう。
　そして次に「パ・タ・カ・ラ」と声を出すと、舌を動かす運動になるそう。食前に2回程実施するだけでも、効果が違うらしい。
　夕食前に2人で声を出すと「デイでもやってる」と教えてくれた。

11月1日（火）
　ショートステイ、2回目利用。うんともすんとも言わないところをみると、やむを得ないことと受け入れてくれたのだろうか。
　その様子に、若干ではあるが、後ろめたさも薄らぐ。しかし部屋を離れるときに母が手を振る姿を見ると、やはり切なくなってしまう。

11月3日（木）
　ホームから自宅へ戻って来るなり、「もう行きたくない」と母が言う。
　タイミングよく、ケアマネから「ショートステイはどうでしたか？」と連絡があった。
　「もう行きたくないと言っています」と伝えると、「ご本人にとっては

ショートステイ2回目

ラッキーですが、12月、1月の予約は取れませんでした」とのこと。
　安堵する母と、ため息をつく私……。

11月28日（月）
　毎晩、カレンダーを見せながら、母と翌日の日程を確認しあっている。
「明日、11月29日火曜日の予定は？」
「デイ」と言ったあと、珍しく「喫茶でサイダー飲む」と。
　続けて「みんなと、うまく話ができない」
「話しかけられても、答えるまで時間がかかる」
「声が小さいから、何度も聞き返される」
「ひとりぼっち」
「スタッフは、声をかけてくれる」と。
　デイケアの話をこんなにしてくれたのは初めてのこと。
　でも、文字にするとすらすら話してくれているようだが、実際には途切れ途切れに、小さくか細い声で話をしている。

11月29日（火）
　デイケアの連絡帳に、母の思いをつづったところ、やはり利用者とのコミュニケーションは難しくなっているらしく、極力、スタッフが介入して配慮してくださっているとのこと。

　この病は見たところ無動無言状態ではあるが、理解は保たれている。
　思っていることを口にしたり、質問の返答にも時間をかければコミュニケーションはとれるのだが、それを相手に理解してもらうにも、また時間がかかってしまう。
「パーキンソン病は、精神にも影響を与える病気」とも言われている。本人はもっと意思や感情を訴えたいのだろうが、うまく伝えられず、もどかしい思いをしているに違いない。
　［新しい介護］の本にこう書かれていた。「できないからこそ介助を求めているのです。病気になる前の性格を考えてみてください。むしろ

パーキンソン病…精神（心）にも

人に甘えず、自立心のある人が多かったはずです。介助を求めてきたら、快く応えてあげましょう」と。まさしく母はそうであった……。

お楽しみ弁当

12月13日（火）
　デイケアでは月に一度「お楽しみ弁当」という、主食を選べる企画がされている。焼きそばやサンドイッチと色々あるなかで、母はたいてい、ちらし寿司かのり巻きを選んでいる。
　嚥下状態を確認しながら食べさせるのは、さぞかし職員は大変だろうが、「楽しんで召し上がっていただけるようにサポートします」と、いつも温かく見守ってくださる。
　お陰で皆さんと一緒に好物を食べられて、母は幸せ者だ。

12月24日（金）
　クリスマスイブ。ローソクに火をつけてから部屋の明かりを消し、「きよしこの夜」「もろびとこぞりて」を一緒に歌う。
「教会へ連れて行ってあげられなくてごめんね」と言うと、「ここでいい」と。来年のイブをどのように迎えているか、と考えるだけで、涙が溢れてくる。泣いていることがばれないよう、ローソクの灯りのまま母を寝かしつけた。

12月25日（水）
　姪2人が揃って、ドーナツを持って来てくれた。
　梓沙は職場の話をし、遥は高校進学試験の話をしてくれた。
　2人の成長を間近で見られるこの環境は、本当にありがたい。
　顔色一つ変えず、もくもくとドーナツを食べている母だが、きっと同じことを感じているに違いない…はず。

　兄は兄で大変な時期のよう。離婚後から先行きを考えて、マンションを購入することになった。母と私が越して来てもいい広さの物件を見つけたようで、「一緒に住む？」と聞かれたが、首を横に振る母。

申し訳ないけれど私も同じ気持ちだった。

一緒に生活できれば金銭的に助かるが、姉のサポートが受けられなくなるのは、お金以上の損失だと思われる。しかし、兄の提案は、もしもの時に頼れる選択肢があるということで心強い。

現状、無一文な兄に、母が頭金を貸してあげることになった。

銀行から委任状が必要と言われ、サインをするが、とても読める字ではなかった。最後に「返してね」と、兄にしっかり意思を伝えたところは、母らしくて笑ってしまった。

12月31日（土）

紅白歌合戦を見ながら、うとうとしていた母だが、松田聖子さんと娘神田沙也加さんによる「上を向いて歩こう」が流れると、突然一緒に歌いだした。

母の体を起こし、背中を包み込むように後ろから支えて私も歌う。

相変わらず音痴だが、大きな声が出ていて驚かされる。

曲が終わると、あとは興味がないようで、スーっと寝てしまった。

ほんの一瞬の出来事だった。

平成24年1月〜12月　ー娘が思う母らしさー

1月1日（日）

今年も姉家族が、揃って挨拶に来てくれた。

この1年、両家の健康を祈る。

テレビから東日本の映像が流れた。

こんな日に地震があったら…と思っていたら、太平洋地帯にて、マグニチュード7と大きい地震があった。

これまでは、母をおぶって逃げると言っていたが、今では「なにがあってもここにいようね」に変わっていた。

病が進行していく母にとって、薬やオムツがあるこの家で、じっと待機している方が安全だと思われるようになっていた。

母、80歳

1月5日（木）
　80歳の誕生日。朝一番「おめでとう」「ありがとう」と挨拶する。
　いい気分で過ごすはずが、明日はデイケアには行かないと言い出す。
　タイミングよく、姉と健汰が花束を持って来てくれた。
　姉からも説得してもらうが、頑として首を振る。

　夕食後、兄からも「おめでとう」と電話がかかってきた。
　私からは赤色のカーディガンをプレゼンすると、「なにもできなくて、ごめんね」と言った。「こうして生きててくれるだけで嬉しいんだから」と返すと、「そう言ってくれて、ありがとう」と。
　「カーディガン着てみる？」と聞くと、頷いた。
　鏡を見せると、顔の表情に変化は見られないが、私には喜んでいる笑顔が見られた。

1月6日（金）
　デイケアにはどうしても行きたくないと言い、結局、休ませた。
　自分に余裕があるときは、母にだってずる休みさせてあげてもいいかという気持ちにもなる。

　ケアマネから、来月のショートステイの日程が決まったと連絡があり、早速、友人との飲み会を約束する。
　そこへ、母の妹、由香さんの娘さんから電話がかかってきた。
　脳に腫瘍が見つかり、いつどうなるかわからないとのこと。
　どうしても母と話がしたいから、電話を代わって欲しいと言われ、代わったが、お互いに一言二言が精一杯であった。電話を切り、岡山まで会いに行こうか迷っていると、「会いに行って」と頼まれた。

1月7日（土）
　当然、優先順位は岡山まで行くことであり、娘さんには深夜高速バスの予約券を押さえられたことを一報する。
　祖父母の写真を母に見せ「持って行くね」と言うと、「持って帰って来てね」と返ってきた。
「お婆ちゃんってどんな人だったの？」「働き者」と一言。
「お母さんって、お婆ちゃん似だね」
「そう言ってくれるのは、知恵だけ」と。
　疲れたからなのか、それ以上の話は聞いても答えてくれなかった。

1月10日（火）
　年明け初めてのデイケアを利用。連絡帳には、年末年始と長い休みの間、尿失禁の回数が増えたことを書いておいた。
　尿意のコントロールができなくなってきているのか、ズボンを脱がせた瞬間や入浴後、ベッドへ寝かせた瞬間にしてしまうのは、一時的なものなのだろうか……。
（後に、切迫性尿失禁*といわれる症状があることを知る）

　＊切迫性尿失禁（せっぱくせいにょうしっきん）＝尿意を感じてトイレに行こうとしても、間に合わずに尿が漏れてしまう。原因としては膀胱過敏、脳血管障害の後遺症、脳神経系の異常などが考えられる。

1月17日（火）
　由紀さおり姉妹のCD広告を見つけた。
「上を向いて歩こう」「見上げてごらん」「故郷」「憧れのハワイ航路」など、母と一緒に歌う。
「CD買う？」と聞くと、「いらない」と。これまで童謡やクラシックなどのCDを借りて来ても、1回聴くと「もういい」と拒否された。
　母の興味を引くものは、食べること以外にないものか……。

尿失禁増える

童謡歌う

1月22日（日）

　冷蔵庫が動かなくなり、義兄に付き合ってもらい買いに行く。

　すぐにいい物が見つかり、1時間程で帰宅する。

　玄関を開けると、奥から「知恵、知恵」と、声が聞こえてくる。

　部屋の戸を開けると、床にしりもちをついていた。

　ポータブルトイレへ移乗しようとした際に、バランスを崩したよう。

「1人のときは無理しないで、パッドにしてって言ってるじゃん」と声を荒げながら、頭やひじを打っていないか確認する。

　目が離せなくなってきていることに不安を感じる。

しりもち

2月1日（水）

　ジャズと出合いジャズ部のある高校を受験した遥が、合格したと母に報告し、手を握り喜んでいた。

　また一歩、成長を見届けることができてよかったね。

2月4日（土）

　ショートステイの用意をしていると、「どこへ行くの。ホーム？」と。

「そう、泊まりに行くんだよ」と答えると「寂しいね」と呟く。

　送迎の車に乗り込むと、いつものように左手を伸ばしてくる。

　無言だが、手を繋いでと言っている。握ると安心して、目を閉じる。

　3回目となると、引き継ぎもスムーズになる。

　自前の掛け布団を掛けてあげると、安心するようで表情も和らいだように見られた。

「岡山へ行って、由香さんに会って来るね。なにか伝言は？」

「元気で」と。手を振る姿が、より一層小さく見られた気がした。

ショートステイ3回目

　横浜駅から22時半の深夜バスに乗り、岡山駅には7時半に到着する。

　岡山に来たのは5年ぶり。あの時、母が島根へ行かれるのも最後だろうからと、事前に姉が由香さんへ連絡をし、途中下車をして再会したの

だった。

　遠方ということもあり、そうそうに会えるわけでもなく、姉妹ながら年賀状のやり取りくらいしかしていないようで、どこかよそよそしさを感じられる雰囲気の中、由香さんからは、娘さん達の成人式と結婚式の写真を見せてもらいながら近況報告を語ってくれたが、母から話しかけることはなかった。

　祖母は三女紀美さんを産んですぐに亡くなったと実家から聞いていた。二女である由香さんには、幼すぎて母親の記憶はなかったのだろう……。
「お母さんって、どんな人だったの？」と問われた母。

　しばし無言から「おしゃれな人だった」と一言。

　何がどうおしゃれだったのか、私達からも聞き返してみるが、無言。

　逆に由香さんから「私もおしゃれ、好きだわ」とフォローしてもらう始末。

　こんなときでさえ、昔話を語ろうとしない母。

　なぜそんなにかたくなに口を閉ざしてしまうのだろう……。

　由香さんの計らいで、気分を変えて、岡山城を案内してもらった。

　そして今日、偶然にも先ほど、由香さんがＩＣＵから一般病棟へ移って来たばかりだと聞いて驚いた。
「母から「元気で」と伝言を頼まれました」と肩に触れることができた。

　祖父母の写真を見せると、娘さんから「初めて見ました」と驚かれ、たぶん由香さんも見たことはないと思われるとのこと。

　写真をかざすと目を潤ませて、食い入るようにじーっと見ていた。

　その姿に改めて、戦後68年、まだ多くの人達に戦争の傷痕が残っていることを思い知らされた。

　一世代前に起こっていた、一家団欒を味わったことのない、母や由香さん達のたどってきた人生を想像することはできない。
「苦労話はするものじゃない」と言われつつ、聞き出そうとしていた私は、どれだけ無神経だったのだろうか……。

　もしやと思い、娘さんに由香さんの幼少期を尋ねてみると、やはり多

くは語られていなかったよう。

　娘 (長女) さんご家族には観光案内をしていただき、温泉では裸のお付き合いもできた。
　母と由香さんの奪われた生活を取り戻すことはできないが、その苦しみを私達が忘れず、これから子供世代なりに関係性を高め合っていくことはできるはず……。
　そして由香さんに写真を預けて、その日の夜行バスに飛び乗った。

2月6日 (月)
　翌朝、横浜駅に到着。一寝入りしてから、母を迎えに行く。
　食堂で下を向いている母を見つけて抱きしめて「ただいま」と言うと、「おかえり」と返ってきた。
　由香さんに会って来たことを報告すると「ありがとう」と一言。
　母を精一杯、愛してあげようと心に誓う。

2月11日 (土)
「空いている時間、お手伝いしてくれませんか」と、ヘルパー募集の折り込み広告が、ポストに入っていた。
　1年前は動き出す気力はなかったが、今回は説明会へ出向いてみる。
　ヘルパーの資格を持っていることで、すぐに登録できると言われたが、家族にはまだ相談していないからと、話だけ聞いて失礼する。

　姉に話すと「家で介護しているのに、外でも介護なんて信じられない」ともっともな意見が返ってきた。母は「ダメ」と一言。
　依存性の強い母の答えは、聞かなくてもわかっていた。
　それでも行動しようと思ったのは、自分自身のことを考えてのこと。

外出することが気分転換と思えず、続けていたヨガにも通えない、無気力さと、体力低下。
　頭痛、吐き気と体調不良。自己嫌悪に陥ること。
　ネガティブなことしか浮かび上がらず、ただやり過ごす日々に、自分らしさが消えていく危機感を感じ、今、与えられている時間の中で、出来ることや生かせることはなにかと見つめ直してみた。

2月12日（日）
　岡山の娘さんから手紙が届く。
　祖父母の写真から、写真を焼き増しすることができたそう。
　由香さんの枕元に置かれている写真は、娘さん達にとっても心の支えとなり、退院後は、自宅にて看取られるという心の備えもできたと書かれていた。温かく見守ってあげたいという気持ちを理解すると共に、私も自宅での看取りを決めていることを電話で伝えた。

　祖父母の想い、両親の想い、子供の想い…その時代背景にある苦労や悲しみ、別れ、出逢い、喜び、楽しみ……。
　私は命のバトンを繋ぐことができず、従って語り継ぐこともできない。
　途絶えさせてしまうという、言い知れぬ思いに打ちひしがれながら、私の生きている役割や意味を考えさせられる……。

　お雛様を飾る。父方の祖父母が、姉の初節句に買ってくれた物らしい。そして、今日は姉の48歳の誕生日。当然、お雛様と同い年。
　誕生日カードに、母が「おめでとう」とメッセージを書く。
　来年のこの日を想像するだけで、目頭が熱くなる。

2月16日（木）
　30分程、寝坊してしまった。幸い、デイケアもリハビリも休みの日。
　慌てずに支度をするが、体が重く、頭痛や吐き気がひどい。
　薬を服用して過ごすが1日中しんどい。

おなら1

夕食前、ダイニングへ移動させるのに、両手引きで歩かせていると、母がおならをした。「おならした？」頷く。
「おならは我慢しないほうがいいよ」と言うと、すかさずおならが出た。

おかしくて笑うと、母も声を漏らして笑った。笑いと共にまたおならをした。2人でこんなに笑ったのは、どれくらいぶりだろう。

気づくと頭痛が緩和されていた。

笑いは、一番の薬だったよう。

2月28日（火）

デイケアにて、炊き込みご飯を「食べられない」と言ったらしく、軟らかく煮てから食べさせてもらったそう。

今後も提供形態に配慮してくださるとのこと。

症状の変化

ヘルパーの勝田さんからの連絡帳にも「食べられない」と言われ「後半はお手伝いしました」と書かれることが多くなっていた。

見えづらいのか、飲み込みが悪くなったのか、疲れやすくなっているのか、真意はわからないが、全て当たっているのかもしれない。

また、尿失禁も多くなっているとの報告には、ショートステイ利用後にリズムを崩すことが多いようだと伝えている。

「パッドにして」と強く言うが、本人も葛藤しているよう。

私もヘルパーの講習期間中、オムツに排泄してみる体験をしたが、「出せ」と言われて出るものではない。コントロールしにくくなっていることもわかりつつ、こちらの口調も押さえられずに厳しくなってしまう。

3月3日(土)

「あかりをつけましょ　ぼんぼりに〜」と、今年も母と一緒に歌えたことに幸せを感じられるが、母にとっての幸せは、ケーキを味わえることのよう。

3月7日(水)

　陰干ししたお雛様を、「また来年ね」と母に見せると、「おやすみなさい」とその一言が、なんともかわいくて笑ってしまう。

　午後は、歯科検診へ連れていくと、「よく連れて来てくれたわね」と言ってくださる和子先生と、お会いすることも楽しみの1つ。
　今回も虫歯はないとのこと。終わって待合室にいたのは、偶然にも遥だった。
　彼女の診察を待ち終えて、階段を下るのを手伝ってもらう。

ガーグルベースン(のう盆)
洗面台まで移動できないような場合などに利用するうがい用の洗面器

　きっと半年後の検診には、1人で連れて来られないだろうと思いながら、遥に車椅子を押してもらい帰宅する。

3月12日(月)

　ケアマネ訪問。ショートステイの日程が決まったらしい。
　無視している母に「なおえさんが一番わかっていらっしゃいますよね」と明るく、さらっと言ってもらえると、こちらも救われる。
　まだどこかで、ショートステイを利用することに気が引けている私の

気持ちを察してか、ケアマネは母に優しく諭してくれる。

玄関先にて「ヘルパーをしてみようと思うんです」と伝えると、これから進行が進んで大変になるのだから、考え直した方がいいと言われてしまった。姉と同じように、もっともな意見が返ってきた。

3月25日（日）

それでも、上大岡にてヘルパーの介護実習に参加する。

着替えや紙オムツの交換、車椅子への移乗などをやってみる。

利用者それぞれに症状は異なり、ケースバイケースに対応するよう学ぶ。基本を振り返ることができてよかった。

終了後、「一緒にお仕事やりませんか」と声をかけられた。

説明会のときに、母を在宅でみていることを伝えていたため、週1回でもいいからと誘われた。

3月26日（月）

翌日、S事務所へ出向き、詳しく話を伺う。こちらの可能な日時を伝え、利用者のニーズに合わせて訪問先が決められる。そして、掃除と買い物、調理を希望されているお宅2軒を訪問することになり、母と姉に報告して協力をお願いするが、案の定母は無視していた。

その夜、「わーわー」と、母が悲鳴をあげた。

寝ぼけているのか、おさまったところで声をかけるが、目は虚ろ。

水分補給をさせようと、とろみを付けている間に寝てしまった。

3月31日（土）

台風なみの雨風の中、初めてのケア訪問へ向かう。

サービス提供責任者の三浦多美子さんに同行し、自己紹介をしてから引き継ぎの手順を教えてもらう。

今日のような、天候に左右されることなく決められた日時に訪問してくださるヘルパーや療法士に、改めて感謝したい。

介護実習参加

ヘルパー活動開始

自宅へ戻り、「私も頑張るけれど、お母さんも頑張ってね」と伝えると、やっと頷いてくれた。

4月2日（月）
　三浦さんに同行してもらい、もう1軒訪問する。
　利用者からは、掃除の仕方を事細かに、敷居や窓枠の拭き方、風呂場では洗剤から道具の使い方まで指示された。正直面倒くさいと思いつつ、ここまで徹底されると、望まれている通りに従うことができて、かえって動きやすい。

　あっという間に90分のケアが終わり、往復移動時間も含めて約2時間だが、待っていてくれた母に「ただいま」と優しく声をかけられている自分に驚いた。
　優しいといえば、ウチへ来てくださるヘルパーさんには母の排泄と食事介助をお願いしているが、飲み込みに時間がかかるため、きっと一口ずつ丁寧に食べさせてくださっているのだろうと感じている。
　私の帰りが早いとヘルパーさんにお会いできるが、ほとんどは連絡帳でのやり取りになってしまう。しかし帰宅すると、母の穏やかな様子から、満足なケアを受けられていることが伝わってくる。

4月5日（火）
　Uクリニック受診。母は1型糖尿病であり、この年齢ともなると無自覚性低血糖*を起こしやすくなり、気づくと昏睡状態に陥っていることもあるらしい。本来ならば、発汗や振戦（ふるえ）、脱力といった症状がみられるが、高齢者になると表だった症状が出にくくなるそう。
　今のところはサインに気づいてあげられているが、今後は……。
　その夜、大きな悲鳴を発した。ここのところ何度かある。
　突然のことで、こちらの方が恐ろしくなる。夢を見たようではなさそう。
　背中をさすり、水分補給をさせてから寝かせた。

無自覚性低血糖

＊無自覚性低血糖＝血糖値が下がってきた時に、通常なら現れる空腹感・動悸などの警告症状を欠くために適切な対処がとれず、さらに血糖値が低下していきなり意識障害に至ることがある。

▶参照《http://www.uemura-clinic.com/dmlecture/hypoglycemia.htm》

4月9日（月）

　Yクリニック受診。山口先生より、全てにおいて進行がみられるとのこと。

　私からは、就寝時に夢を見ているのか、悲鳴や手足をジタバタ動かすことが何度かあったことを伝えた。

　すると、パーキンソン病では睡眠障害として起こり得るが、パーキンソン症候群については起こり得ないそうで、「一度入院して徹底的に検査してみませんか」と言われた。

　一時的なものかもしれないし、たとえ治療や薬がみつかったとしても、劇的によくなるとは思えない。

　母は望んでいないだろうと、その場でお断りした。

検査入院拒否

　午後、散歩へ出ると、ほぼ満開の桜を見ることができた。

　来年もこの桜を見せてあげられるだろうか。なにをするにも、つい先の不安が頭をよぎる。

4月15日（日）

　「桜を見に行こう」と散歩へ誘うが、かたくなに断られた。

　こちらの気持ちとは裏腹で、私の方がふてくされてしまう。

　午後、シャワー浴をさせるが、機嫌の悪い私は余計な口をきかなかった。

　入浴後、服を着せていると「怒っても知恵がいい」と私を指差した。

　拍子抜けして笑ってしまった。

その一言で我に返り「ありがとう。ごめんね」と抱きしめた。

4月21日（土）
　商店街にある葬具店の宮田さんに、姉がばったりお会いしたそう。
　宮田さんとは、嫁いだ先の先代を二代見送っていただいたというお付き合いらしい。
　そして母が入院した際、相談に乗ってもらったこともあり、現在は前回のように急変することはないと話をすると、「式は自宅でやったら」と言われたらしい。
　「宗教的にお線香をたくこともないし、マンションのオーナーである旦那さんの許可がもらえるなら、そう考えてみてもいいんじゃない」とアドバイスされたそう。目からウロコだった。
　教会にこだわり、形式的なことを考えていたが、母の遺書には、弔問をお断りし、近親者のみと希望していたことに合点した。

生前葬思いつく

　そして、ひらめいたのが「生前葬」。
　いつまで車椅子にて、外出できるかわからない。
　食事についても、いつまで食べられるかわからない。
　ならば、皆に集まっていただき、美味しい物を食べながら、元気な母の姿を心に焼きつけてもらえればいいのではないかと思いついた。
　笑顔でお別れを伝えられたら、突然のことが起こっても、お互いに心残りはないだろう…と。
　そうすればこの部屋で、家族のみの葬儀もあり得ると考えついた。

4月22日（日）
　きょうだいに提案したところ「いいね」と、二つ返事が返ってきた。
　猛暑となる前に出来ればいいと思うが、準備期間がない。
　それよりも先に、義兄からの了承を得なければ話は進まない。

　相変わらず母は、呼び鈴を鳴らして「おしっこ」を連発する。

ポータブルトイレに座らせるが、パッドにもしていないし、待っても出ない。あまりに頻繁過ぎて、怒鳴って戸を閉めた。

　次に呼び鈴が鳴ったときは、「からぶりして、ごめんね」と言い、しょんぼりしていた。

　私も言い過ぎたと反省し、母にとっては立ち上がるのも訓練だと思い、「リハビリ、リハビリ」と声に出して介助する。

4月25日（水）

　「歯が痛い」と言い出した。そのせいか、ここのところ食事量も減っているため、歯科受診する。

　和子先生から、「お母さん、なにが好き？」「おはぎ」と間髪入れずに答えたのには、2人で大笑い。

　一旦姿を消した和子先生が、「おはぎ、どうぞ」と差し出された。「ついさっき買ったの、お母さんにバレちゃったのかな？」と、また大笑い。虫歯がないご褒美に、ありがたくいただいた。

　姉が義兄へ、「母の葬儀を自宅でやらせてほしい」とお願いしたところ、「嫁に出た者が言うことではなく、徳と知恵子でちゃんと話し合ってから」と言われたそう。筋立てて話すのであれば、当然、兄から申し出ることだったと反省させられる。

5月3日（木）

　頭の体操と手のリハビリを意識して、母としりとりをする。

　まず、ノートに日付を書いてもらうと、続けて「けんぽうの日」（憲法記念日）と書いたことで、頭の中がクリアだとはっきりわかる。

　ごま（知）→まいど（母）→ドーナッツ（知）→つま（母）→ママ（知）→まいどありがとう（母）→うし（知）→しつれいしました（母）。

いつも珍解答に笑わせてもらうが、母は至って真面目に答えている。

書いている字が小さくなり、読みにくくなってきていることを日に日に感じる。

和やかな時間はあっという間に過ぎ、ショートステイへ行く準備を終えると、一言も「イヤ」と言わずに、出迎えの車に乗ってくれた。
4回目の利用ともなれば、慣れてくれたのか、諦めたというのか……。

ショートステイ4回目

5月4日（金）

元職場の同僚君ちゃんの結婚式に出席する。新婦のお父さんは糖尿病を患っており、彼女とはよく、生活談義や情報交換をしていた。

その後、心臓のバイパス手術を受け、生命の危機を乗り越えられたお父さんと、バージンロードを歩いている姿に感動もひとしおだった。

5月8日（火）

由香さんが亡くなられたと、娘さんから連絡があった。

旦那さんと娘さん（3人）で、それぞれ家庭と仕事を抱えながら、献身的に介護をされ看取られたよう。母に告げると頷いた。

5人の兄弟姉妹、母1人となってしまった。

5月18日（金）

デイケアより、一般入浴の対応が厳しくなり、機械浴（リフト）で対応してもいいかと連絡があった。

日常の歩行でさえ不安定なのだから、当然、滑りやすい浴室を歩かせたり、浴槽をまたがせるのは危険を伴う。「構いません」と伝えたが、肝心の母からは、「肩までつかれない」などと反論された。お互いに安全第

一であることを説明し、肩にはタオルをかけてあげるということで、しぶしぶ納得してもらえた。

5月20日（日）

　入浴後、部屋へ戻り、ドライヤーで髪の毛と足趾を乾かし、顔には化粧水をつけ、目には点眼液をさし、爪を切る。

　綿棒を渡すと、目を閉じて耳掻きするのが母の至福の瞬間と思われる。

　元気な頃は、爪楊枝で耳を掻くのは日常のことであり、中耳炎になっても掻くことがやめられなかったほど。

家族葬と生前葬の提案

　そして今、水分補給をさせながら、なぜかこのタイミングで、家族葬と生前葬の提案を持ちかける。

　終結話をしているのに、悲しいという気持ちは不思議となかった。

　二つ返事でオッケーサインを出したと思ったら、気の早い母は「赤いシャツを着たい」と、笑わせてくれた。この寛大さを尊敬したい。

　兄にその旨を伝えると、「秋に（生前葬を）しよう」と言った。

　母には、なんとしてもこの夏を乗りきってもらわないと……。

5月22日（火）

　兄から義兄へ、ここで家族葬を希望していることをお願いすると、「義母さんと知恵子の今後のことを、どう思っているの」と言われたらしい。

　姉と私が、いつも先走って事を進めてしまうことに対し、義兄は、長男らしい兄の姿勢を見たかったのかもしれない。

5月24日（木）

　諏訪牧師先生ご夫妻が、お見舞いに来てくださった。

　事前に家族葬と生前葬の話は伝えてある。

幸枝夫人が讃美歌を歌いだすと、母も足でリズムを取りながら歌いだした。こんなに生き生きと、底知れない姿に驚かされた。
　私では与えられない心の渇きを、牧師先生ご夫妻はじめ教会員の皆さんからの寄せ書きが、満たしてくださるのだと思われる。
　絶えず祈ってくださることに感謝いたします。

5月29日（火）

リハビリ計画

　デイケアから帰宅した母の連絡帳に、リハビリ計画書が挟まっていた。「退院から通所開始より、半年が経過しました。進行性核上性麻痺の症状が進行していると思われます。足の出の悪さやバランス不良、バランスを崩した際の自力での立ち直り困難（姿勢反応障害）など目立ってきており、転倒のリスクも高くなっています。
　摂食、嚥下に関しては、食べ物を次々と詰め込んでしまうページング障が見られます。嚥下障害も進行しており、増粘剤（とろみ）の粘度を増やすなどの対応をしています」と。

　この間の担当者会議でも話題に上がったが、要するにデイケアでは、どんなにリハビリを行ったとしても、進行を食い止めることはできないことや、介護面でも進行にみあったサービスを提供することが厳しく、限界にきているらしい。
　目を背けず、進行を受け入れてくれるデイサービス*を本気で探さなければならない時がきたよう。

　*デイサービス（通所介護）＝デイサービス事業所などに通い、食事や入浴、健康チェック、機能訓練などを受けるサービス。
　自己負担の目安（1割負担の方を例とした横浜市の場合）は、1日あたり704〜1,227円と、食費、日常生活費などがかかる。（通常規模の通所介護事業所を7時間以上9時間未満利用した場合の目安で、送迎サービスの費用は含まれる。入浴サービスを利用した場合は、1日あたり54円が加算される。このほか、栄養改善サービスや口腔機能向上サービスなどを利用した場合に

加算がある。)

めまい・ストレス?

6月3日(日)

　1日中、軽いめまいがする。母を寝かせたあと、気分も悪くなり嘔吐する。ふわふわとした揺れや地震の揺れのようなめまいにおそわれ、後片付けは、ほどほどにして布団に入った。

6月4日(月)

　朝の情報番組で、タイミングよく「めまい」の特集をしていた。
　グラッとするもの、ぐるぐる、ふわふわと色々なめまいがあるが、いずれもストレスが原因のよう。
　頻繁ならば、脳神経外科もしくは耳鼻科を受診するようにとのこと。
　私の場合、原因は介護とわかっている。だから病院を受診したところで、症状が改善されるとは思えない。市販薬の量が増えていることが気になり、午後には近所の漢方薬局へ行ってみる。
　質問用紙に答えながら問診を受け、顔色や舌を見たり、左右の脈を取られる。症状や家庭環境を聞かれ、母を介護していることを話すと、ストレスが大きな原因と思われることと、40代ともなると更年期症状も現れてくるとのこと。
「この私が」とショックではあったが、素直に認める年齢でもある。
「私も同じよ」とちょっとクセのある日本語で、先ほどから説明してくださるこの方は、元中国漢方専門医、現在は漢方薬局アドバイザーとして、ここの店長であるそう。
「辛いときは話に来るだけでもいいから、立ち寄ってください」との言葉に、少し肩の力が抜けた気がした。

6月5日(火)

　父が亡くなり8年目。兄と待ち合わせて墓参りをし、その後、兄のマンションへ立ち寄った。
　バス停やスーパーも近くにあり、森林浴もできる環境にある。

母と私のことを考えて探してくれた家だが、やはり最後は横浜で看取りたいと伝えた。それでも「知恵子の部屋はここだよ」と見せてくれ、母が亡くなったら住めばいいと言ってくれた。

　デイケアから帰宅した母に、墓参りの報告をする。
　そして、「私を支えてくれる姉ちゃんと兄ちゃんを生んでくれて、ありがとう」と伝えると頷いた。
　もちろん父にも感謝しながら、写真立の前にビールと刺身を供える。

6月8日（金）
　左肩と左肘の関節の拘縮＊が強くなり、伸ばすという動作が難しく、着替えさせるのも慎重になる。
　頭から被せるＴシャツ類はやめて、伸縮性で前開きの服を着せることで、着脱の負担を軽くさせるようにした。
　また、左手を固く握り締めて、手のひらに爪が食い込む痕が見られるようになったため、ハンドタオルを丸めて握らせている。

手はにぎったようになり開くのが大変

　朝晩、顔を蒸しタオルで拭く際には、曲がっている指先を一本一本伸ばして、汗ばんでいる手のひらも拭く。仕上げはクリームを塗りながら、マッサージすることも日課に加わった。

　＊拘縮＝関節の動きが制限された状態のこと。急性期であれば筋肉の痙性（つっぱり）、生活期では筋肉や腱の短縮が原因。

6月14日（木）
　ケアマネとデイケアの相談員石川さんが訪問される。
　母の安全面を考えると、進行に合わせた支援に、ゆったり過ごせるデ

関節の拘縮

デイサービスの話し合い

イサービスの環境が望ましいと、言うのも言われるのも辛い話である。

事前に母へも伝えていたが、顔見知りの支援者からストレートに言われて困惑しているよう。「格下げなの？」との言葉に、最初から丁寧に説明するが、なかなか理解してもらえない。

確かに私でさえ提案話があったときは、見放されたようなショックを受けたのだから、母の心情としては、もっと動揺しているだろう。

その夜、テレビを見ている私に「知恵、お父さん」と。
「お父さんがいたの？」頷く。「なんか言ってた？」首を振る。
嬉しいような、嫌な予感のような…。
夢なのか幻覚といわれているものを見たのか……。

＊幻覚＝幻覚症状(幻視、幻聴、体感幻覚など)があらわれることがあります。パーキンソン病の場合、幻視は見られますが、幻聴の頻度は少ないとされています。幻視は、現実には見えない人物や動物、虫などが見えたりする症状です。

6月24日（日）

梅雨なのだから仕方ないことだが、低気圧によって頭痛がひどい。

母の食事に90分もかかり、イライラが強くなる。

本来、食事中はテレビを消して、食べることに集中させるようにといわれているが、あの間に付き合いきれず、いつもつけっぱなしにする。飲み込む力が低下することで、口の中に溜め込むことも多くなり、後半はスプーンを置いて、動作が止まってしまう。

介助をするが、スローペースに付き合いきれず、一口食べさせて洗濯物を干したり、一口食べさせてはヨガのポーズをとりながら、タイミ

ココロとカラダをととのえる
「立木のポーズ」

ングを見計らって食べさせたりもする。
　食べる方も食べさせる方もしんどい……。

7月2日（月）
　Yクリニックを受診する際にタクシーを利用するが、今日ほど運転手に腹を立てたことはない。
　車を降りている母に、ドアを閉めて挟んだ人は初めてだった。
　わざとじゃないのだろうが、謝らないことに怒りが込み上げ、運転手の名前を呼び「あとで会社に連絡しますから」と言うと、顔がひきつって見られた。

　まだ怒りの収まっていない私に、山口先生はいつもと同じように「進行しています」としか言われない。
　もっともであり、仕方のない事実でもある。先生に当たるのはお門違いだが、なにかほかの言い様はないのだろうかとイラついてしまう。
　思わず、タクシー移動が困難になりつつあることを伝え、「自宅で診ていただくことを考えているのですが……」と言うと、「必要なら診断書を書きますよ」とあっさり言われてしまった。
　パーキンソン病の講演会に出られるほどの先生に、診ていただけなくなることは残念であり言ったことを後悔していると、「ご自宅はどこですか？」と聞かれた。住所と目印を伝えると、「わかります。ご近所へ往診に行っていますから」と。
「是非うちにも来てください」とお願いするが、「私はここの患者さんもいるので、24時間対応はできないんです」と断られた。
　そろそろ自宅で診てくださる医師を、探し始めなければと思うきっかけとなった。

7月5日（木）
　Uクリニック受診。訪問診療の話をすると、ここでも「必要ならば診断書を書きますよ」と言われてしまった。クリニックから連携している

タクシー移動困難→訪問診療？

ところを紹介してもらえるのかと甘い考えでいたが、どうやら各自で探すものらしい。身近なケアマネに相談するのが妥当のよう。

　来月の受診予定日が決まり、介護タクシー事務所へ連絡する。
　退院後、登録手続きはしていたが、予約したのは初めてのこと。
　一般タクシー運転手にも、もちろん優しい方はいらっしゃる。
　トランクへ車椅子を上げ下ろししてくださる方、車椅子移乗を手伝ってくださる方、ご自身のご両親の介護経験話をされる方。
　その逆に、まったく微動だに動かない方も結構いらした。
　身の安全を守るのであれば、手を出さないことが一番なのだろう。
　それでも一般タクシー利用にすがりついていたのは、私が母をまだ完全な介護人扱いしたくないという、ちっぽけな気持ちからであった。
　しかしながら、姿勢保持が難しくなっている姿を見ていると、安全第一が最優先だと、今回のことでやっと踏ん切りがついた。

　◇情報◇　訪問医をどう探す？
・医師が定期的に患者宅に出向く訪問診療を利用したい場合は、外来通院している医療機関で対応していないか確認するように。クリニックによる取り組みが中心だが、病院が行っている場合もある。
・訪問医を探す場合は、ケアマネージャーや最寄りの地域包括支援センター、病院の医療相談室、地域の医師会に尋ねると、医師の得意分野や診療の特徴などの評判も知ることが可能。
・中でも在宅療養支援診療所は、24時間365日対応が義務づけられている。その分、費用は高めだが、体調に不安があるときなどに相談できるほか、急変時など必要に応じて緊急往診もしてくれるので療養の心強い味方になる。
　《探し方》
　ワムネット（WAM NET）http://www.wam.go.jp
　　ホームページの「医療」→「サービス提供機関の情報（医療機能情報）」
　　→各都道府県の医療機能情報提供サイトへ。

◇情報◇ 「タクシー料金の割引」
特定疾患医療受給者証・登録者証をお持ちの方のタクシー乗車料金は10％割引されます。

◇情報◇ 「外出支援サービス」
おおむね65歳以上の要支援に認定された方で、公共交通機関（タクシーを含む）を利用して外出することが困難な方（要支援の方については申請時に確認を行います）に、専用車両により自宅から医療機関、福祉施設等の間を送迎します。利用距離に応じた自己負担（2kmまで300円、以降1kmごとに150円増）となります。

念願の水族館

7月12日（木）
「江ノ島水族館へ行きたい」と、水族館がリニューアルしたときに母から言われてから10年が経つ。江の島ではないが、今日、八景島シーパラダイスへ連れて行く予定である。
　しかし台風の影響で風が強い。幸いまだ雨は降っておらず、この日を逃すと二度とチャンスはないだろうと、姉の運転で出かけた。

　着いて早々、まずはトイレへ連れて行き、ズボンとリハビリパンツを脱がせた瞬間、漏らしてしまった。慌てて姉を呼び入れて手伝ってもらうが、着替えのズボンはあっても靴下までの用意はしていなかった。
　「なんで我慢できないのよ」と激怒してしまうが、母は無言。
　その姿にハッとして、責めてしまったことを反省する。
　靴下は売店で購入することができ、気を取り直して、イルカショーを見に行く。屋外で屋根付きだが、傘のホネが曲がってしまうほどの強風雨だ。母には見えていないだろうと中へ戻る。
　次に見たものは、悠々と泳ぐジンベイザメと巨大マンボウ、5万尾のイワシの大群は圧巻だった。

　いずれも母の目には、どう写っていたのだろう。

母　平成24年1月～12月

帰宅して「なにが見えた？」と感想を聞くと、「マンボウ」と。
同じ目線で、ゆっくり泳ぐ姿が印象深かったよう。
また1つ願いが叶えられてよかった。

7月16日（月）
　親戚へ手紙を書く。
　「早いもので、祖父が他界して今年で30年目、祖母は12年目です。
　　キリスト教では、仏式での法要にあたるような決まりごとは特にあ
　　りませんが、身内の希望に応じて、記念式などを行うこともあります。

　　このたび、祖父母と父、叔母さんの写真と花を飾り、会食しながら、
　　故人の思い出話をお聞きできたらと思っています。

　　実は、母の「生前葬」も兼ねたいと思っています。
　　生前葬とは、生きているうちに葬儀をして、これまでお世話になっ
　　たお礼とお別れをするものと言われています。
　　また、長寿儀礼的な要素もあってもいいそうなので、傘寿（さんじゅ）（80歳）
　　を一緒に祝っていただけたら幸いです。

　　こんなことを突然言い出すのには、母の症状が深刻だからというわ
　　けではありませんので、ご心配なさいませぬように。
　　最後になりましたが、母はすでに遺書を用意し、散骨を希望してい
　　ます。どうかご理解ください」

7月19日（木）
　親戚から反響が届く。
　賛同してくださるとの返事だが、実際のところ、戸惑う声もあった。

・「生前葬って、どんなことをするの？」
　「私も参列したことはなく初体験です。特に決まりごとがないだけに、どのような式になるか、まだわかりません。ただ皆さんには、平服で出席していただいて、湿っぽくならずに明るく、和やかな会食ができれば十分だと思っています」と。

・「亡くなった時はどうしたらいいの？」
　「もちろんご連絡しますが、皆さんとは生前葬にてお別れが済んでいることになるので、慌てて駆けつけられるような無理をしなくてもいいんです。都合がよければ、顔を見に来てやってください。葬儀はこの部屋ということもあり、家族のみでさせてください」と。

・「散骨ってしていいの？」
　「全て散骨するのではなく、ほんの一握りの粉骨を海に撒く程度です」と説明すると、ようやく納得してもらえた。

　◇情報◇　自然葬（散骨）について
　1991年より、安田睦彦氏を代表とする市民団体『葬送の自由をすすめる会』が海や山に遺灰（遺骨、焼骨（しょうこつ））をまく『散骨』を始めた。それを受けて法務省も「節度を持って行なわれる限り問題ない」との見解を示した。

7月20日（金）
「進行している」と言われていることが、日を追うごとに強く感じられる。
　水分補給では吸い込む力が弱くなり、ストローを半分にしてみる。
　食事にしても、一旦口に入れた物を取り出すことが多くなり、お粥で

症状の低下

さえも米粒一つ出すこともある。
　刻み食から、ミキサー食に切り変える時期なのかもしれない。
　デイケアへ相談すると、ミキサー食では食感がなくなり、味への影響も考えられるとのこと。

　また、声も小さくなり、なにを訴えているのか聞き取れず、耳をすませて集中してみるが、30分もすればイラつき「大きい声で」と怒鳴ってしまう。そんな自分自身に腹が立ち、神経の苛立ちからか、めまいにおそわれるという悪循環にさいなまれる……。
　それでも深夜のトイレや寝汗に気づくことができている。
「あなたが倒れたらどうするの」「ぜったいに私は母の面倒をみられないんだから」と、健汰に付きっきりの姉からよく言われる。
　一見突き放されて冷たいように聞こえるが、事実心配している声であり、切実な思いとして伝わってくる。
　確かに絶対に倒れないという保証はない。

　ケアマネの訪問時には、緊急時の受け入れ先を何度か相談している。
　そのときは、すぐに対応してくださるだろう。
　まずは、ショートステイを毎月利用することを薦められた。
　ケアマネからも、私が疲弊して見えたのだろうか、嫌がる母に「知恵子さんが倒れたら、2泊じゃすまなくなるのよ」と、いつになく強引に話をしてくださった。
　そして話題は、とうとうデイケアでは面倒をみられないとのことで、デイサービスを薦められた。
　母は、ずっと狸寝入りしながら聞いていたが、私が見学をして来るということで、やっと目を開けて頷いてくれた。

　◇情報◇　介護食について
・軟菜食（ソフト食）／おかゆと、咀嚼に配慮して普通よりやわらかく調理されたおかずの組み合わせ。

- 刻み食（カット食）/ 歯でかみ切る力が弱い人のためにかまなくてもいい大きさに切った食事。
- ミキサー食 / 料理をミキサーにかけてペースト状にしたもの。
- 流動食 / 飲み込むだけでいいように、重湯と具のないスープや果汁など液状のおかずを組み合わせた食事。

8月9日（木）

　室内の歩行も困難になり、両手引きで支えている私と一緒に、いつバランスを崩して倒れてしまうか不安になる。
　そんな不安解消に、室内でも車椅子を使用することにした。

　午後は、デイサービスへ見学に行く。施設は古く感じられたが、デイケアとは違い、休息するベッドの数が充実していた。
　また、食堂と調理場がカウンター越しになっていて、どちらからも様子がよく見られるようになっており、利用者のニーズに気配りされている姿勢が見られた。もちろんミキサー食も可能とのこと。
　体力や機能レベルが低下していく母には、リハビリ重視ではない、こういったケアが必要なのだと改めて教えられた。
　職員とボランティアの見分けがつかないほどに、利用者さんへ寄り添っている姿や、声と笑顔があふれている雰囲気に温かさを感じられた。
　一度見学しただけで判断するのは難しいが、ケアマネのお薦めでもあり、私もなんとなくだが、居心地のよさを感じる。
　その旨、母へ報告すると「知恵がいいならいい」と了承してくれた。

8月17日（金）

　早速、デイサービスをお試し利用する。
　80歳にして環境が変わることは、とても大きな出来事であり、きっと不安な気持ちで過ごすに違いない。

　温かく母を出迎えて、「どうだった？」と聞いてみるが無視。

デイサービス見学・お試し

夕食後も翌日も感想を聞いてみるが、まったく無視。

なにも言わないということは、問題点がなかったと受け取ろう。

8月26日（日）

恒例番組「24時間テレビ」を姉とおやつを食べさせながら見ていた。「お母さんの幸せは？」と姉が聞くと、「教会」と即答する。

そのあとで「3人の子供を与えられたこと」と言った。

すかさずこちらも「3人を産んでくれてありがとう」と言うと、「どういたしまして」と返ってきて大笑いする。

調子がいいと会話も弾むが、聞き取れないときは、まったく何を言っているかわかってあげられない。

食欲も低下している今、10月に予定している生前葬まで、体力維持ができるか不安になる。

その夜、母の幸せは「教会」と聞いてひらめいた。

牧師先生には、母が亡くなったら教会で、お別れ会をさせてほしいと希望を伝えていたが、生きている間に連れて行ってあげようと決めた。

8月27日（月）

翌日、きょうだいに相談もせず、牧師先生へその旨をお願いしてみたところ「わかりました。有志の方に声をかけてみます。お料理のことなどもお任せしましょう」と、心強い返事をいただけた。

母には「教会へ行こうね」「そのときに私、洗礼を受けるね」と言うと、頷いた母の頬をひとすじの涙が流れ「ありがとう」と声にならない声。そして、父の葬儀にも流さなかった初めて見る涙。

こんなに喜んでもらえるなら、もっと話ができるときに決断するべきであった。しかし、私が心からそうしたいと願ったのは、今この時だった。

母の幸せは？

デイケア最終日

8月31日（金）

　約3年間、お世話になったデイケアとの最終日。
「行きたくない」と、駄々をこねる日もあったが、喫茶やカラオケ、月に一度のお楽しみ弁当も心待ちしていた。
　当初は職員や運転手、利用者さんの名前を覚えて呼んでいたが、病の進行と共に母からは、挨拶や笑顔が消えていき、見守りきれないと言われたときは、母も私も見放されたと嘆いた。
　しかし、多くの高齢者を見てこられたからこそ、安全確保の限界と判断され、よりよい環境へ後押ししてくださったのだと、今ならば理解できる。

　連絡帳には、最後までその日の様子が事細かに記されていた。
　支えてくださった皆さんのご健康とご多幸を祈らずにいられない。

ショートステイ5回目

9月7日（金）

　ショートステイ5回目ともなると、顔馴染みも増えて「なおえさん」と、あちらこちらから声をかけてもらえるようになり、母のペースも把握してもらえるようになっていた。
　部屋に案内されて、落ち着いている様子に安心するが、離れる瞬間は何度目になろうと、いたたまれない気持ちになる。
　施設を出て、近所のイタリアンレストランへ、姉と健汰、知人とでランチをする。時間を気にせず過ごせることは、なによりも贅沢に感じられるが、その裏では、母への感謝する気持ちを忘れていない。

デイサービス初日

9月11日（火）

　デイサービス利用初日。介護職のプロといった感じの漂う方が、迎えに来てくださり、母と私を和ませてくれ、少し緊張が解れたよう。
　帰宅して感想を聞いてみるが、うんともすんとも言わない。これまでの解釈をしてみれば、なにも言わないということは、よかったとみなそう。

9月12日（水）

　ヘルパー勝田さんより「食事中に何回かむせ込み、食事もヨーグルトも残しました」と、連絡帳に書いてあった。

　食事はまだ、刻み食で対応しているが、ギリギリまで食感を味わってもらいたいと思うのは私だけで、母にとっては、もうミキサー食が望ましいのかもしれない。

　自分の唾液を飲み込むだけでむせてしまう姿に、嚥下障害がかなり進行しているのだろう。

9月21日（木）

　床屋へ連れて行く。これまでカットしてもらっている間は、お兄さんにお任せして、買い物へ出かけていたが、今日は「そばにいてください」と呼び止められた。理由は、首の硬直が強くなり、カットや洗髪する際に、どこまで首を倒していいものか、加減がわからないとのこと。

　そばで見守り、よだれを拭いてあげる。

　顔剃りをしてもらい「気持ちよかった？」と聞くと、満足そうに頷いた。

9月24日（月）

　Yクリニック受診。山口先生に食事形態を相談すると、誤嚥リスクを考えたら、今すぐミキサー食にするようにとのこと。

　また、今後リハビリでは、言語聴覚士にも見ていただきたいと希望したところ、「リハビリを受けたところで進行する症状は止められません」と言われ、愕然とする。

　突き放されるような発言後、「私でよかったら、訪問診療に伺いますよ」と言われ、二つ返事でお願いをする。「再来月（11月）の第3木曜日に伺います。なにかありましたら、第1木曜日も可能です」とのこと。

　診察室を出ると、あまりの嬉しさに母を抱きしめて「よかったね」と喜んだ。

　姉に報告すると、「24時間対応でなくていいの？　訪問看護師さんは

山口先生訪問診療承諾

どうするの？」と冷ややかに聞かれた。

　もちろんその点について心配しているところだったが、山口先生が必要だと判断されるまで、お任せすればいいのではと言い返す。

　＊訪問看護＝主治医の指示により、看護師などが自宅で療養している人を定期的に訪問し、健康チェックや療養の世話・助言などを行うサービス。

9月25日（火）

　ミキサーはすでに買っておいた。基本的に私と食べる物は同じであり、母の分は小鍋や器に移してミキサーにかけながら、とろみ剤を入れて調整する。

　肉や魚料理は、そのままだとボソボソとしてしまうため、片栗粉であんかけを作ってかけてあげないと喉を通らない。

　お弁当も同じように用意するが、この一手間が面倒くさい。

9月29日（土）

　世田谷の仕事を終え、三宅先生と待ち合わせをする。

　10月いっぱいで辞めさせていただきたいと申し出て、理由は母の介護が今以上に手がかかってしまうことを伝えると、納得してくださった。

　三宅先生のところでは、健康管理指導士という資格を生かして、患者さんの健康づくりの一端をお手伝いさせていただいた。

　その出会いと経験があったからこそ、母を在宅でみようという気持ちもごく当たり前のように芽生え、ヘルパーとして働くことも自分を生かせることに気づかせてもらえたのだと思っている。

　帰りに、「アメイジング・グレイス100％」のＣＤを購入する。

　実は、母の葬儀にかけると約束していた。

ミキサー食

きっかけは、まだ町田にいるころ、テレビで森山良子さんが海外の教会で、この歌をアカペラで歌っていたのを2人で見たことだ。
　画面を通して伝わってくる歌声に、息を凝らして聴きいってしまい、冗談混じりで母に「最期（亡くなった時）に、この曲を流すってどう？」と聞くと、頷いた。「本当に？」頷く。

10月3日（水）
　姉家族が毎年楽しみにしているファミリークラシックコンサートへ、今回は、姉が母をみていてくれるということで、私が連れていってもらえることになった。
　メインは高嶋ちさ子さんのバイオリン。ゲストは森山良子さん。「さとうきび畑」「涙そうそう」を、目頭を熱くさせ聴いた。
　何年ぶりのコンサートだろうか。夕食は義兄にご馳走になり、久しぶりに贅沢な夜を過ごさせてもらえた。

10月4日（木）
　ケアマネ訪問。ショートステイ利用日数を、初めて3泊4日で予約を入れてもらえる。
　母もしぶしぶ頷いてくれたが、「少しずつ増やして、ゆくゆくは1週間まで利用できるといいわね」とのケアマネの言葉には、首を横に振って嫌がっていた。
　そして玄関先にて「先月より低下してきているようね」と言われ、一瞬落ち込むものの、友人へ連絡をして来月の予定を入れた。
　母には悪いが、その嬉しさが活力源ともなり、この1ヶ月も乗り切れるというのも正直な気持ちである……。

10月6日（土）
　小学生の頃からお世話になっている、冨永節子先生に食事へ誘われた。
　帰りには大きな袋を渡され、中からは母にも食べられる物といって、お粥やスープ、海苔の佃煮から靴下、タオルまで入っていた。

お手数ですが切手を貼ってご投函ください。

郵便はがき

251-0035

神奈川県藤沢市
片瀬海岸 3-24-10-108
㈱湘南社 編集部 行

TEL：0466-26-0068
URL：http://shonansya.com
e-mail：info@shonansya.com

ご住所	〒		
お名前	ふりがな	年齢	才
TEL			
メールアドレス	@		

1. お買い上げの書名をお書きください。

2. ご購入の動機は何ですか？（下欄にチェックをご記入ください）。

    □ 本の内容・テーマ（タイトル）に興味があった
    □ 装丁（カバー・帯）やデザインに興味があった
    □ 書評や広告、ホームページを見て（媒体：   ）
    □ 人にすすめられて（御関係：   ）
    □ その他（   ）

3. 本書についてのご意見・ご感想があればお書きください。

4. 今後どのような出版物をご希望になりますか？

どうもありがとうございました。

冨永先生も長いこと、お義母さんをみられていたことで、介護される側とお世話する側の気持ちを心得て、共感してくださる方。
　いつもこうして気晴らしに食事に誘ってくださったり、必要と思われる物を送ってきてくださる。

　私には、困ったときに「助けて」と言える、医療者や介護関係者、教会の方々や友人、知人、身内がいてくれる。
　今、なんとか平常心を保ち、母を在宅でみられるのは、この多くの人達に支えられているからだと思われる。

10月13日（土）
　世田谷の仕事を約9年間続けてこられたが、私のわがままで辞めさせてもらうことになった。申し訳ない気持ちの裏側で、もう時間に追われないで過ごせるのかと思うと、ホッとしている自分もいる。
　そんな気持ちと知らず、最後の訪問先まで立ち合ってくださった三宅先生には頭が下がります。

10月17日（水）
　6回目のショートステイを過ごした母を迎えに行く。
　「なおえさんって、島根県の出身なんですね」と、3人の職員に囲まれて、ご当地の話題で盛り上がっていた。
　表情にはでていないものの、郷里の話ができて嬉しそう。
　こうしたコミュニケーションは難しいが、そんな母のために、「はい」「いいえ」「トイレ」「電気」「食事」などといった、簡単な質問を1枚の単文ボードにして、意志疎通をはかってくれていた。
　ボードが見える見えないは別にして、母のことを思って形にしてもらえたことが嬉しい。

10月20日（土）
　「お日柄もよく」とアナウンスしたくなるほどの快晴に恵まれた。

ショートステイ6回目

生前葬

小さい祭壇（陰膳）には、祖父母と父、叔母の写真を並べて花を飾り、各家族には家族の記録のアルバムを用意してもらい、自由に見てもらえるよう並べて置いた。

　父方の兄弟姉妹6人から、子供（いとこ）16人、孫（はとこ）21人、それぞれの伴侶16人と増え、その内、40人が出席してくれた。
　そして、お酒が入る前に集合写真を撮る。
　食事が運ばれ、母の介助を姉が、司会を兄、私はカメラマンとなる。
　約6年ぶりにこうして一同が集う中、改めて各家族に自己紹介と近況報告をしてもらい、3歳の双子ちゃんに母も初めて会うことができた。
　この子達はじめ小学生の子供達を飽きさせず、式を進行しながら母と交流させることに、今回は一番悩んだ。
　思いついたのは、母とジャンケンでスキンシップをはかること。
　結局、勝っても負けてもお菓子を渡してあげるのだが、せっかくの中華料理よりお菓子に夢中になってしまい、子供達は喜んでいたが親達は苦笑い。大人も参加できるようにと「黒ひげ危機一髪」ゲームをする。
　まったくの子供騙しだが、母も剣を挿してハラハラ感を味わい、皆と触れあうことができたよう。

　後半は各家族に、これまでの想いや母との思い出を語ってもらう。
　緊張してしまうからと、手紙を読んでくれた叔母、「義姉さんのまっすぐなところが好きです」と言ってくれた叔父。
　「俺も生前葬したい」と声を張り上げてくれた叔父もいた。
　会場は笑いと拍手に包まれた。
　最後に姉と兄のスピーチと、私は手紙を読む。
　生前葬を思いついた理由の1つに母の遺書があったことや、この式をきっかけに「死」について語ることはタブーや縁起の悪いことではなく、大切な人とだから、向き合って話してほしいと伝える。
　また、母の好きな言葉は「感謝」であり、生きているうちに皆さんへ「お世話になりました。ありがとう」と気持ちを伝えられることができ、少

なからず悔いを残すこともないと思われると……。
　そして今、こうして母をみられることは、私に与えられた親孝行という恩返しの時間を贈り物だと思っている、と読み上げた。

　1時間オーバーして店を出る。飲み足りない叔父達から「2次会は？」と聞かれたが、母の限界もあり、私達も接待できないことを理由に、ここでお開きとさせてもらった。

　自宅へ戻り、着替えさせてからベッドへ寝かせる。
「お疲れさまでした。あれでよかった？」と尋ねると「ありがとう」と、小さい声で返事をしてくれた。
　今脱いだ黒のビロードの上下服を見せながら「最期（亡くなった）の時は、赤いシャツじゃなくて、この服でいい？」と聞くと、あっさり頷いた。
　こんなにもさりげなく聞いてしまう自分に驚きつつ、これまでもそうしてきたんだと笑ってしまう。
　いただいた花の香りが、部屋に充満している。
　そうそう人生こんなに、たくさんの花に囲まれることはないだろうと、母を真ん中にして写真を撮った。

家路に着いた親戚から、電話やメールが入る。

母の疲れが出ていないか心配する声と、いい式だったとの声。

久しぶりに皆を会わせてくれてありがとうの声。

初めての試みに不安はあったが、生前葬は大成功だったよう。

10月26日（金）

デイサービスの送迎車から、母が降りて来た。

頬は膨らみ、口をぎゅっとつぐんでいる。

そして、よだれではないなにかが垂れてくる。

部屋へ戻り口を開けてみると、一口サイズのコーヒーゼリーが、握りこぶし分ほど出てきた。3時のおやつに食べたとすると、1時間半もの間、詰まっていたことになる。

デイサービスへ連絡をして、気をつけていただくようお願いをする。

夕食はほとんど食べられず、夜中のトイレでは、これまでにないふらつきであり、「こうして衰えていくのか」と切実に感じられた1日であった。

10月28日（日）

母をお風呂へ入れるが、急激に骨がゴツゴツと目立つようになった。

食事も相変わらず食べられていないため、喉ごしのいいプリンを食べさせる。

「明後日は、下北沢教会へ行かれるよ」と明るく振る舞い、「着いたら、なんて言うの？」と尋ねると「ただいま」と即答する。

なんとも母らしい言葉だと思う。

10月30日（火）

兄の車で下北沢へ。

79年の歴史ある教会は、東京大空襲での焼失を免れたらしい。

その玄関を「ただいま」と入り、有志の方々に出迎えられて会堂へ。

下北沢教会にてお別れ会

2階建ての天井は吹き抜けで高く、正面には大きな尖ったアーチがあり、石で縁取られている。白壁とつやつやと磨かれている木の床、木の机に椅子、電子ピアノとグランドピアノ、両サイドの窓からは、磨りガラスを通して、柔らかな光が射し込んでくる。
　全てが懐かしく、包み込まれるような温かさを感じられる。
　牧師先生によると、この教会でもお別れ会（生前葬）は初めてのことらしい。まずは、私の洗礼式*を行ってもらう。母のお腹に宿っているときから通っていた教会は、私にとって「ただいま」と言える場所である。
　その後、小嶋さんを中心に皆さんで作られた、真心のこもったお弁当とプリンが並べられた。母は、プリンは食べられたものの、彩りのいいお弁当は、目で楽しむことしかできなかった。
　ちなみに長年使用されてきたこのお弁当箱は、小嶋さんと母が見つけて選んだ物だというエピソードを初めて聞いた。
　また皆さんからも、父と母の思い出を語っていただき、母の好きそうな讃美歌を次々と歌われ、あっという間に3時間が経ってしまった。

　移り変わる時を一緒に過ごされた有志の皆さんとのお別れ……。
　母から最後の言葉を伝えられなかったが、「幸せ＝教会」と「ただいま」と言っていたのが想いであり、よりどころであり、神様はじめ牧師先生ご夫妻、多くの兄弟姉妹へ、これまでの感謝を伝えていたに違いない。

　＊洗礼式＝イエス・キリストを救い主と信じる信仰を告白する儀式。

10月31日（水）
　低血糖症状ではないが、いつになく体に力が入らないのは、きっと昨日の疲れが残っているのだろう。
　昼食の介助をヘルパーの勝田さんにお願いして、外へ出た。
　しばらくして事務所から連絡があり、「飲み込みが悪く、食事も薬も服用できませんでした」と、勝田さんから報告を受けたとのこと。

すぐに帰宅する。血糖値は、72mg/dl。血圧は、92/68mmHg、脈60。
　ただの疲れだけではない様子だが、とりあえず残していたお弁当を少し食べさせてみるが、やはり口を固く結んで開けようとしない。
　山口先生に診ていただきたいが、私1人でタクシーに乗せるのはとても厳しい状況である。ふと、カレンダーを見ると、明日は第1木曜日であり、幸いにも訪問診療が可能と言われていた日である。
　山口先生へ連絡して現在の様子を伝えると、明日の午後、往診に来てくださるとのこと。

11月1日（木）
　私服姿の山口先生が、黒い大きな鞄を持って来てくださった。
　まずは、昨日から食事がほとんど食べられていないことと、今朝から8時間もの間に1回も排尿していないことを伝えると、「早急に点滴が必要です」と言われるが、首を振る母。

　玄関先に呼ばれ、「このままでは、今月までもたないかもしれません」と言われ、「えっ」と耳を疑った。
「点滴をすれば回復して、元気が取り戻せるかもしれません」と。
「いやがられても点滴させます」と伝えると、「訪問看護師の手配をしなくては」と、ケアマネへ連絡するよう言われる。
　電話が繋がると、山口先生が電話を変わるようにと手を差し出された。
　帰り際に、もしも点滴を打たなければ、このまま衰弱していき、痛みを感じられずに、ただただ寝ている時間が長くなり、そのまま逝くことになるとのこと……。
　初めて自宅へ来ていただいたのが往診となり、しかも初日にする会話でもないが、山口先生には通院中から、事前に延命をしないことを伝えていたため、躊躇されることなく、自然にその流れで出てきた言葉なのだろう。
　携帯番号を教えてくださり、「24時間なにかあったら、すぐに連絡をください」と、ありがたい言葉をかけていただいた。

訪問看護師の依頼

折り返して、ケアマネから連絡が入った。
　訪問看護師の依頼を３ヶ所に掛け合い、今返事待ちとのこと。
　その間に、きょうだいと三宅先生へ連絡をする。

　◇情報◇　往診と訪問診療
　往診は急に具合が悪くなって、病院や診療所に行けない時、医師が自宅に来て診察や治療を行うこと。
　訪問診療は、医師が定期的に自宅を訪問し、診察や薬の処方などを行うこと。

　夕方、ケアマネより、現在お世話になっている訪問看護リハビリテーションの中の訪問看護をお願いできたとのこと。
　本来ならば、まず始めに契約を交わさなければならないところだが、すでにリハビリを受ける際に手続きを済ませているため、不要とのこと。
　しかし、あまりに急なため、スケジュールの調整中にて、いつから訪問できるかわからないらしいが、それでも一先ず安心する。

　山口先生からも連絡があり「点滴の用意ができたので、明日にでも取りに来てください」と。
　「私が？」と戸惑いながら「わかりました」と伝えた。

　その夜、姉がうちに来た。寝ている母の顔をのぞき込みながら「生前葬が終わった翌日に急変するってなによ」「きっと緊張の糸が、プチっと切れたんだね。それはそれでいいのかも……」と。
　親戚には、こうしたときに慌てないためにも生前葬をしたのだから連絡しなくていいよねと……。
　そして最後に、全ては成るようになる、委ねようと話をした。

11月2日（金）
「デイサービスはお休みね」と言うと、頷いたが反応は鈍い。
　食事や水分摂取量も減り、尿量もほとんどなく寝ている状態。

Yクリニックまで自転車だと片道約15分。点滴10本と針、アルコール綿花を渡されたがカゴに入りきらず、重い思いをして帰った。

11月3日（土）
　1週間お風呂に入っていない母を、姉宅にて姉と一緒に入れてあげる。

姉宅にて入浴

　浴室も浴槽もうちの倍広い。いつもシャワー浴で我慢してもらっていたのが、約1年ぶりにのびのびと湯船に浸かれ、思わず「幸せ、幸せ」「感謝、感謝」と言って、母の体を擦った。

　11時半からはヘルパーの岩田英美子さんに、いつも通り排泄介助と食事介助をお願いする。
　その間、自身が所属しているS事務所へ出向き、母の容態が悪いため、来月のシフトを減らしてほしいとお願いをする。
　さすがに介護のプロだけあって、多くを語らなくとも状況をすぐに察知し、理解してもらえるので心強い。こうした突然のわがままを引き受けてくださるお陰で、細々とではあるが、仕事を辞めずにいられている。

11月4日（日）
　看護師から連絡はまだない。
　筋肉の衰えを感じながら、憔悴していく体をマッサージすることしか出来ないまま、あっという間に病人になってしまった。
　食べる物も食べられず、自分の唾液を飲み込むのにもむせている。
　むせは夜中まで続き、痩せ細った背中を擦っていると「これが最後だっ

たりして」と思いながら床に着く。

１１月５日（月）
　看護師からやっと、明日から点滴をしてくださると連絡をいただいた。

11月6日（火）
　朝から冷たい雨が降り、暖房を入れる。
　10時、私服姿の訪問看護師（略して訪看(ほうかん)）さんが元気な声で現れ、自己紹介された丹下万由美さんから名刺をいただく。
　初めてお会いする方とは思えないくらい、「点滴は痛いしイヤですよね」と、母の気持ちに共感しながら準備を進められる姿に、不安が少し軽くなった。
　終了後の点滴の外し方を教えてもらい、初日、500ccをゆっくり3時間かけて終えた。

点滴開始

11月7日（水）
　丹下さん訪問。ベッドの角度をいつも通り90度にして、水分を与えたところ、45度にした方が気管に角度がつきやすくなり、食道へ流れやすくなるとのこと。
　点滴は痛くなったら途中で抜いていいと言われ、400ccでやめた。

11月8日（木）
　これまで朝食に90分もかかっていたが、40分程で食べられた。
　意思表示にも声が出るようになり、ポータブルトイレへの移乗では、立ち上がりからの踏ん張りもできるまでに回復した。おそるべし点滴効果。

　丹下さん訪問。水分補給ゼリー「エナチャージ」を差し出されて勧め

られた。液体の飲み込みに不安な人は、ゼリー状飲料がいいそう。
　スーパーやコンビニで売られている「カロリーメイト」や「ウイダーinゼリー」は、味の種類も選べていいとのこと。

通販カタログ

　通信販売カタログ（ヘルシーネットワーク）を渡された。
　確か退院する前に栄養士から、このカタログを渡されて説明を受けたことを思い出す。あのときはまだ、固形物が食べられていたため、先のことまで考えておらず、必要ないと処分してしまった。
　ちゃんと保管していれば、早い段階から食事や水分補給に気を配ることができたと悔やまれる。
　カタログには、やわらか食品や濃厚流動食品、水分補給食品、とろみ調整品などが扱われ、それぞれ栄養成分表も表示されているため、食事制限のある病の方にも安心して選べるのでありがたい。

11月9日（金）
　丹下さん訪問。「なにか食べたい物は？」と聞かれ、「かんぴょう巻き」と答えた。好物を言えるとは、元気になった証拠と嬉しくなる。

　今日は経口補水液「ＯＳ-1」（オーエスワン）ゼリータイプを勧められた。
　下痢や嘔吐、発熱、発汗、食事量が低下した場合にもいいそう。
　口当たりがいいようで、スルスルと飲み込めた。
　丹下さんに「おいしい？」と聞かれ、オッケーサインで答えた。
　点滴4日目。毎回嫌がる母に、「山口先生へご相談したら、本人が嫌だというならやめてもいいとおっしゃっていましたよ。来週、今後どうするか決めましょうね」と言われたが、母は「イヤ」と即答すると、これには丹下さんも苦笑い。

　◇情報◇　経口補水液法
　脱水時に、口から水分と塩分をすばやく補給すること。
　経口補水液の組成には基準があり、水・お茶・スポーツドリンクなどのソ

フトドリンクは、経口補水液ではない。経口補水液は塩分とその吸収を早めるブドウ糖がバランス良く配合されているので、脱水時に間違わないよう注意する。

11月10日（土）
　1週間ぶりの入浴。
　体重は、先月から2kg減少して35kgと、みるみる落ちていく。
　髪と体を洗い終わるころに姉が来て、一緒に湯船へ入れる。
　「幸せ、幸せ」「感謝、感謝」と言いながら、姉が顔や腕を、私が脚を擦る。
　母は目を閉じて、口をだらっと開けているが、気持ちよさそう……。

　昼食の介助をヘルパー岩田さんに任せて、今日は近所のファミレスにてコーヒーを飲み、スイッチをオフにする。
　教会員の皆さんと親戚へ、生前葬のお礼の手紙を書く。
　同封する集合写真には、少しおめかしした皆の笑顔が見られる。
　心の底から心残りがない旨、母に代わって感謝を書き連ねた。

11月13日（火）
　丹下さん訪問。お尻に赤みが見られ、クリームを塗っていることを報告すると、床ずれ＊になりつつあるため、シールを貼布して予防するといいと教えてもらう。
　そしてもう1つ、三角パット（ナーセントパット）を使用してみるよう勧められる。

　点滴については、やはり母から「イヤ」と断られたが、

点滴最終日・床ずれ対策

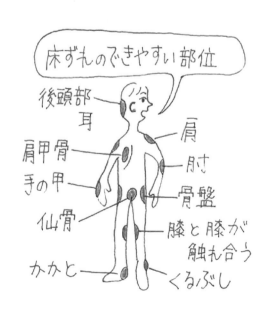

なんとか1時間だけでもと約束をして、ゆっくり100cc入れてもらう。
　これ以上点滴をしないということは、訪看の丹下さんはお役ごめんとなるのか、次回の予定を言われないところをみると「お世話になりました」と挨拶するしかない。
　この1週間で多くのアドバイスをいただき、母も回復傾向にあるというのに、これが最後日になるとは、寂しさと不安が募る。

　＊床ずれ（褥瘡）＝長い時間同じ姿勢で寝ていると、からだの一部分への血液が不十分になって起こる。栄養不良や不潔も原因となって、次第に皮膚や筋肉がくずれていく。

　◇情報◇　点滴について
　点滴をしないということは…身体の状態が著しく弱っていると、通常では苦痛を増やすことにつながらない処置でさえ、苦痛を増やしてしまう可能性がある。例えば「余命があまり長くないと考えられる際の点滴」。血管内に水を保持するのに役立つある種のタンパク（アルブミンという）の値がとても下がってしまっており、点滴で補給した水分が血管内に保持できず、足のむくみになったり、痰の分泌を増やしてしまったりして、余計に苦しみを増してしまう可能性がある。

11月14日（水）
　療法士の森永さんから、丹下さんより預かってきたという褥瘡保護シールをいただく。療法士の2人と看護師の丹下さんは同じ事業所のため、情報や連絡事項を共有しているので話が早い。
　また、床ずれになりやすいかかとにも注意するよう教えてもらう。
　福祉用具を扱う森下さんが、三角パットを持って来てくださった。
　寝返りができなくなった今、横向きの保持やむくみ防止にもいいようで必需品となりそう。その場でレンタルすることを決めた。

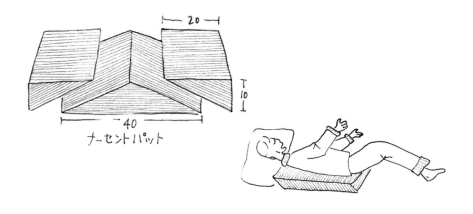

11月15日（木）

　山口先生訪問。「点滴嫌なんだって」と、母の強い希望により、今後、点滴はしないこととなった。

　今の様子では、デイサービスとショートステイは利用出来ないそう。

　床ずれには、アズノール軟膏を処方された。

　玄関先にて「まだどのようになるかわかりません。不安でしょうから継続して、看護師さんに週1回来てもらいましょう」「なにかあったらすぐ連絡ください。診療中でも留守番電話に一先ずメッセージを入れておいてください」「住まいが都心なので、夜はすぐに駆けつけられないかもしれませんが、そのときは、朝一番で来ます」

　また、淡々として「もしもの時は、私が死亡診断書を書きますから」と、一瞬引くものの、ありがたい光のような言葉であった。

　そして最後に「夜、飲んでしまっていたらすみません」と苦笑いされた。

　愕然とすることもなく「そのときは、そのときです」と笑って返す。

　なかにはそんなこと許さないというご家族もいるかもしれない。

　しかし、先生も医師である前に、私達と同様、食事や睡眠をとらなければ健康ではいられない。

　まして病を診られる緊張感を持続させるには、十分な休息にリラックスも必要である。

母にとって、延命を望んでいないという観点を、受け止めてくださっている山口先生は、願ったり叶ったり、この上ない存在なのだ。

夕方、丹下さんから連絡があり、来週からまた訪問してくださるとのこと。母と2人で喜び、心強い在宅医療チームに恵まれたことを感謝する。

11月17日（土）

体重33kg

温まっている脱衣場にて、母を裸にして体重測定したところ33kg。「えー？」姉と、声が揃ってしまった。

2人で体を支えてこの数字ならば、本当はもっと軽いのだろう。

入浴後、1週間ぶりに便が出た。

ケアマネへ連絡をし、デイサービスとショートステイが利用できない状態にあることを伝え、可能ならば現在担当していただいているヘルパーの2人のどちらかに、もう1日依頼できないかお願いをしてみる。

数時間後、水曜担当の勝田さんが引き受けてくださったと連絡あり。

本来ならもっとケアを受けられるそうだが、週3回で十分と伝えた。

ヘルパー訪問以外にも、リハビリを週2回、看護師に週1回と関わっていただいているが、正直、誰も訪問しない日をあえて設けたい。

洗面所やトイレ、台所の掃除など、人の視線を気にしないでいられる日もほしい。

決して潔癖症でも神経質でもなく、あくまでも気分の問題である。

母もまた、なにも予定のない日が好きである。時間に追われなければ、せかされることなく、私が怒鳴ることもないからだろう。

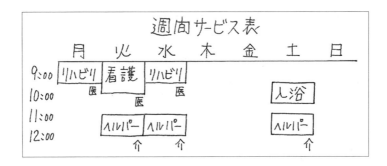

　夕食は珍しく「お腹が空いた」とおかわりをせがまれた。

　お通じが出たからか、食欲も出てきたのであればもう大丈夫だろう。

　通販を取り寄せるようになり、カロリー表示がはっきりとわかることで、1日の総摂取量が出せるようになった。

　ちなみに今日は、総食事量 352kcal。総水分量 230g。

11月18日（日）

　姉と相談して、母を床屋へ連れて行くことにした。

　なにもこんな容態のときにと思われるが、「もしも……」と思えば思うほど、比較的に調子のいい今しかないと行動に移す。

　頬が痩せた顔剃りは大変そうだったが、蒸しタオルを当てられた顔は、お風呂上がりのように血色がよく、「気持ちよかった？」の問いに、母は大きく頷いた。

　そして店内で待っている私達には、コーヒーをサービスしてくれ、親子ともども身近でリフレッシュを味わえるひとときであった。

11月19日（月）

　丹下さん訪問。「また会えてよかった」と言ってもらえた。

　毎日、1人で面倒をみている緊張から解放され、丹下さんの笑顔にどれだけ救われたことか。

　ケアでは摘便*をしてもらうが、その際、ベッドの高さをめいっぱい上

笑顔の丹下さん

げられた。介護する側の腰の負担を軽減させるためとのこと。

　確かに腰に痛みがあり、そうとわかっていながらも、母も私も身長150cm以下であると、ベッドが低い位置にある方がポータブルトイレへの移乗もすぐできるので、モーターを動かすことさえも億劫がってやらずにいた。

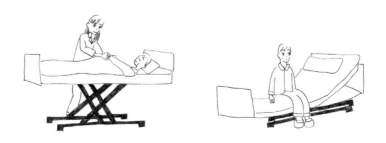

　介護する側の鉄則として、楽な姿勢が一番であると改めて教わる。
　また、床ずれのケアとおしものの洗い方を教わった。
　丹下さんのアイデアで、水分補給ゼリーの空容器をすすぎ、お湯を入れて置き、母をポータブルへ座らせて、お湯を吹きかけると即席ウォシュレットとなった。

　これならば毎日気負わず、ベッドで寝かせたまま尿パッドを敷いて洗ってあげることもできる。もちろん専用の物もあるが、容器は、ペットボトルやケチャップなどを空にしても代用できそう。

　＊摘便＝肛門から手指を差し込んで直腸にたまった便をかき出す方法です。

11月21日（水）
　5ヶ月ぶりに歯科を受診する。床屋同様に体力的に移動させるのは厳しい状態だが、今後寝たきりの生活とわかっているなら、やはり今無理

をしてでも連れて行かねばと思ってしまう。

　訪問歯科というサービスが、充実しているという情報は知っていても、新たな手続きや先生との関係性を一から築きあげることを想像するだけで尻込みしてしまう。

　というより、親しみのある和子先生に診ていただきたいだけである。
　そして、今回も虫歯なし。
　本当に私達親子は、地域の人達にも支えられていると実感する。

11月23日（金）
　ケアマネとT事業所からサービス担当の上原さんが訪問された。
　この1ヶ月で容態が一気に低下したことで、ヘルパーやサービス内容の変更について、今後のことを話し合う。
　ケアマネから「訪問入浴介護を受けてみますか？」と聞かれた。
　私自身はとても興味があり、勉強させてもらえるチャンスだと願うのだが、母は「イヤ」と即答した。
「いつも入浴はどうしているの？」と聞かれ、「まずはここから姉が母をおぶって連れ出し、姉宅の広いお風呂へ2人で入れています」と答えると「おぶって？」と、そこに驚いていた。

11月27日（火）
　丹下さん訪問。24日から下痢のようなものが続いていることを報告すると同時くらいに、「血圧がいつもより高いです」と、緊張が走る。
　その場ですぐに山口先生へ連絡をして指示を仰ぐと、血圧の薬は中止したままでいいとのこと。
　丹下さんに笑顔が戻り安心する。実際に下痢をした場合は脱水症状を防ぐために、食事よりも水分を多めに摂取するようにと言われた。
　その言葉にプレッシャーを感じてしまう。
　なぜなら「OS-1」を摂取するようになって約20日、これまで1日1パック200gしか飲めていないのだ。
　裏の表示には「1日当たり目安量を参考に、脱水状態に合わせて適宜

訪問入浴介護はイヤ

下痢の症状

母　平成24年1月〜12月

増減してお飲み下さい。・学童〜成人(高齢者を含む)500〜1000g/日。・幼児 300〜600g/日。」とある。
　あくまで個人差があると理解しているつもりでも、幼児量にも満たしていないことから不安になり、毎日やきもきしている。

　すれ違いで兄が顔を出した。といっても30分程で帰ると言うのに、それでも母は「うれしい」と頷いた。玄関を出て「いつ何が起こるかわからないから、覚悟しておいてね」とだけ伝えた。

11月28日(水)
　お礼状が届いたからか、叔母やいとこから電話やメールがきた。
「生前葬っていいね」
「家族の大切さを改めて感じました」
「久しぶりに皆で会える席を設けてくれてありがとう」
「元気ななおえさんに会えてよかった」
　こちらこそ大切なときを共に過ごせた感謝の気持ちを伝えたが、母の状況は伝えなかった。

　三宅先生訪問。「元気になりましたね」と、母を見て驚かれていたが、同時に施設を勧められた。
　毎回、介護日誌に目を通してくださる先生には、母の状態はもちろんのこと、私の心情も読み捉えられているからこその発言と思われる。
　また、そんなに疲弊して見えたのだろうか……。
「私は大丈夫です。最後までここでみます」と伝えると、「病院へ行きなさいね」と、私の健康診断と検診(胸部)を受ける時期であることを思い出させてもらえた。

11月30日(金)
　母の念願だったかんぴょうを、5cm程に切り、ガーゼに包んで口の中に入れると、勢いよく噛んだ。

30秒程したら取り出すが、むせずに唾液をじょうずに飲み込めた。
もう1つあげると「おいしい」とオッケーサインが出た。

午後は入浴の予定だったが、血圧が高くて中止する。
夕食前には下痢をする。脱水症状にならないよう水分補給させようとするが、固く口をつぐんで開けようとしない。口にスプーンを何度も押し当てるが、必死になればなるほどイライラしてくる。
しばらく間を取ってみるが、やはり拒まれる。
心配に思うからこそ「いい加減にして」と、声をあらげてしまうのだが、それでも飲もうとしない。結局、根比べではいつも私が負けてしまう。

早く死ねば3・虐待？

衝動的に物を投げたくなり、自分の枕を壁に叩きつけた。
こうした母との一対一のやり取りを誰も知らない……。
ニュースを見ていると「虐待なんて」と思っていたが、介護も長期化になる

とその気持ちもわかる。今まさに私の心の中は紙一重だと思われる。
「早く死ねばいいと思っているでしょう」と何度か言われたことがある。
「早く死ねば」とは思わないが、「死んだらこの生活から解放される」と、思ったことはある。他人からすると意味は同じと言われそう。
母の体に傷はつけていないけれど、心は傷つけている。
でも、母の言葉に私も傷ついている。
悪循環が断ちきれず、寝られない夜もある……。

12月6日（木）
山口先生訪問（3回目）。「元気になりましたね」と、おっしゃる先生が逆に今月末、眼科手術を受けられるため、入院されると聞いて驚いた。
もしも、その間になにかあった場合のことは、また次回話すことに。

姉が、1ヶ月も早く、母へ誕生日プレゼントを渡しに来た。
オランウータンのぬいぐるみに一目惚れしたらしい。
丸い顔につぶらな瞳、どこか元気なころの母に似ているよう。
「ウータン」と命名する。
愛嬌ある顔を見ていると、つられて自然と笑みがこぼれてくる。

12月8日（土）

体重30kg

入浴前の体重は、約30kg。1日中下痢が続く。
珍しく、おやつの時間になっても起きずに寝ている。
こうして寝ている時間が長くなり、そのうちに…と考えてしまう。
　　総食事摂取量 500kcal。総水分量 200g。

12月15日（土）
1週間ぶりの入浴前の体重は、29kg。この軽さはあり得ない。
下痢は治まるが、相変わらず水分量が足りなくて気をもむ。

気分転換に本屋へ立ち寄り、年賀状の参考となるデザインを見つけた。毎年、手描きにこだわっているが、その夜、窓際に並べられている写真に目が止まる。きっと最後になるであろうと、花に囲まれて写した家族写真を年賀状にすることに決めた。

12月18日（火）
丹下さん訪問。濃厚流動食品「エンシュア・リキッド」を飲んでみるようにと渡された。
この栄養補助ドリンクは少量で高カロリーを摂取できるらしく、医薬品扱いにて保険もきくよう。
早速、エンシュアの中にとろみ剤を入れ、ミキサーにかけてあげてみるが、二口でやめてしまった。味見をすると、超甘いバニラ味。
バニラアイスクリームが大好きなはずなのに…残念。

エンゼルケアとは？

玄関先にて「確認ですが、看取りの際に最後のケア（エンゼルケア*）はどうされますか。もちろんまだ先のことですが」と聞かれた。
「葬儀屋さんではなく、丹下さんもしくは看護師さんにお願いしたいです」と伝えた。
本当にいつなにがあってもおかしくないのだと思い知らされる。

*エンゼルケア＝亡くなられた方の体をケアすること。具体的には、清拭、肛門・膣などへ綿詰め、着替え。死化粧（エンゼルメイク）などを施すことである。

12月19日（水）
ヘルパー勝田さんより、「一口食べるとゲップのようなむせがありましたが、ご本人の希望で、間を取りながら食べさせました。しかし、途中で無理だと判断してやめました」と連絡帳に書いてあった。
帰宅した私が、引き継いで食べさせようとするが目と口をしっかり閉じて拒否されてしまった。
そこで「いい物を買って来たよ」と、星野富弘*さんのカレンダーを見せると、さっきまで閉じていた目を開き、季節の花の絵を見ている。
6枚のページをめくりながら、添えられている詩を読んで聞かせる。
3年前は、その詩をノートに書き写し、暗記するほどであったのに。

　　　　仰向けにねて
　　　　空を見ていると
　　　　涙が出てくる

　　　　草もこうして
　　　　傷のない空を
　　　　見ている

泣いていることに気づかれないよう読みあげる。

ただひたすら寝ているようにしか見られない母だが、なにかを思い、なにかを考えているのだろう…。

　＊星野富弘さん…中学校の体育教師であったが、不慮の事故にて頸髄を損傷し、手足の自由を失われてしまう。その後、口に筆をくわえて文や絵を書き、「詩画」というものが出来上がり、出版や個展、博物館まで建てられた。

12月20日（木）
　山口先生訪問（4回目）。床ずれを診て、処方をしてくださる。
「年末になにかあれば、入院先の眼科へ連絡をください。くれぐれも救急車は呼ばないでくださいね」と。

　救急車を呼ぶということは、命を助けようと延命措置が施されること。
　それは母の本意ではないことを、先生も承知の上での発言である。
　今は症状が安定している母のことより、5日後に手術を控えている先生のことの方が心配でならない。

　教会からクリスマスカードと手作りの万華鏡が届いた。
　寝たきりの母には、ぴったりのプレゼント。
　回してあげたが、この色彩の豊かさを見られたのだろうか……。

12月21日（金）
　今日、まさに「マヤ文明の人類滅亡説」といわれている日である。
　一部のテレビで騒がれているが、いつも通りに過ごし、無事に健汰の誕生日を迎えられて1日が終わった。

12月22日（土）
　入浴前の体重は、3kg減少して26kg。姉と無言で目を合わせる。
　その視線が今度は私の下着姿を捉え、「太った？」と笑われた。
　先月から母のペースで過ごすようになったからと言い訳するが、原因

はチョコレートと思われるほどハマっている。

ストレス解消もほどほどに控えなければ……。

12月24日（月）

姉が突然、ツリーを飾ろうと言い出した。23年前、ウチの両親が初孫に贈った物らしいが、母は覚えていないとのこと。

夜は2人でローソクの灯りの中、私が讃美歌を歌い、母は最後（終止）の「アーメン*」とだけを言う。

振り絞る声だというのに、なぜか笑い泣きしてしまう。

きっと最後になるであろうクリスマス・イブ……。

電飾の灯りをつけたまま、私も床に着く。

＊アーメン＝祈り。讃美歌などの最後に唱える言葉。「まことに、確かに、その通り」などの意味。

12月25日（火）

兄が突然来た。母の顔を触りまくり、何度も握手をしていたが、またしても30分程で帰ってしまった。それでも母は満足らしい。毎回いいとこ取りの兄に嫉妬したくなる。

聞くところによると、たいがいの母親は、息子を知らず知らずに甘やかし、特別扱いをしているつもりはないらしいが、はたの見る目からもひいきしているように感じられるのは、どこでもみられる傾向らしい……。

12月26日（水）

　「誰の誕生日？」「知恵」と答えてくれた。
　友人から、プレゼントやカードがいまだに届き「お母さんをみてあげてね」と書かれていたりする。
　離れていても、母と私のことを覚えていてくれることが励みとなる。
　姉は、毎年「なにが欲しい？」と聞いてくれるが、欲しい物はなく、しいていうならば「時間」と返す。そんなわがままでも、姉は貴重な時間を割いて、私を外出させてくれる。

　三宅先生からも電話にて、お祝いの言葉をいただいた。
　そしてこれから、お見舞いへ来てくださるとのことだが、母は夕食を始めたところであり、きっとそのまま寝てしまうと伝えると、日を改めてくださるとのこと。
　以前、先生から「誕生日とは、産んでくれた母親に感謝をする日です」と言われたことがある。
　年を追うごとに、その思いを深く感じられるようになった。

12月27日（木）

　昨夜はなかなか寝付けなかったのか、今朝は何度も声をかけるが起きてこない。予定のない日だからいいが、9時に目を覚ます。
　ポータブルトイレへの移乗はふらつき、水様便が出る。
　疲れ果てているように見受けられ、食事の際は口を閉じてしまう。

12月28日（金）

　年内最終日、丹下さん訪問。無理矢理起こして食べさせていることを報告する。もしや、眠剤を処方されたのは3ヶ月前でありそれから体重が10kgも落ちているため、薬の効き過ぎが原因かもしれないと。
　レンドルミン剤を中止し、初期に処方されたマイスリーを服用してみて様子をみるようにとのこと。

母親に感謝する日

むせ込みが強いときは、体を横向き（ほぼうつ伏せ）にして、対応してみるようにとアドバイスをいただいた。
　　　総食事摂取量 94kcal。総水分量 150g。

12月30日（日）
　大掃除をする気力はない。
「ごみが溜まってたって、年は越せるし、死にゃしない」と、いつも通りの軽い拭き掃除で済ませる。
　グータラな私とは違い、忙しいはずの姉が、母のおやつを食べさせに来てくれて申し訳ない思い。

　すれ違いに三宅先生が、お見舞いに来てくださった。
　母に優しく声をかけて、手に触れる。
　そして玄関先にて「体温を感じられるよう、たくさん触ってあげてください」と、なんとも泣ける言葉……。
　雨の降る中、また年末の忙しい最中に訪問くださったことに感謝します。

12月31日（月）大晦日
　いつも通りに起床し、血圧と血糖値測定後、ポータブルトイレへ移乗し、着替えさせてからベッドへ戻る。
　さて朝食を食べさせようと、ベッドまで運ぶ間に、もう寝てしまっていた。
　そして、ほぼ1日中寝て…やっと目覚め、食べられたのは21時の夕食、しかも微量。こんな状態でも年を越せるのだから、ありがたい。
　除夜の鐘を聞きながら、寝ている母と枕元にいるウータンへ「おめでとう」と言い、頭を撫でる。

平成25年1月～11月　―母の終わり方―

1月1日（火）
　目覚まし時計が鳴る前に母は起きていた。
「おめでとう」と言うと、「おめでとう」と返ってきた。
　姉家族が新年の挨拶に来てくれる。
　恒例のお年玉袋には、ペンを握って名前を書くこともできず、好物であった「餅」についても、一言も発することはなかった。

1月4日（金）
　入浴前の体重は、25kg。今日も「幸せ、幸せ」「感謝、感謝」と言いながら、母の体を擦る。全てを30分以内で終わらせて、床へ着かせる。

　午後、丹下さん訪問。「おめでとうございます」と明るい声に、「無事に年越しできました」と言うのが、新年の挨拶であった。

1月5日（土）
「誰の誕生日？」の質問に、手を上げる母の姿がなんとも可愛い。
　大好きな赤いバラをプレゼントする。
「81歳おめでとう」とローソクに火をつけて、ハッピーバースデーの歌を歌うと、母も口パクで歌いだし、思わず笑ってしまう。
　タイミングよく、兄が花束を持って来た。続いて遥も顔を出してくれた。
　せっかくだからと、皆でハッピーバースデーの歌を歌う。
　皆の歌声は、母へ大きな力となり、1日でも長く生かされますようにと祈りも込められている。

1月17日（木）
　入浴後、服を着せているところへ、山口先生が訪問（5回目）。
　顔色も良好、状態も良好とのこと。
　それよりも年末、山口先生が手術を受けられた翌日、お父様が急変し

母、81歳

て亡くなられたとのこと。

　胸中を思うと「心よりお悔やみ申し上げます」としか言えなかった。

1月18日（土）
　母の様子が安定しているようで、今月からヘルパーの仕事を完全復帰させる。そして、利用者と利用者家族の生活に、微力ながらお役に立てたらという思いで、家へ上がらせていただく。

　と言いながら町田にいたころは、逆の立場から、ヘルパーを家へ入れることに抵抗を感じていたこともある。私も若かったせいか、部屋やお弁当をのぞかれるのは、同性であってもいい気はせず、同性だからこそ、手抜きだと思われるのが嫌で余計な気を遣ってしまった。

　また、たいした貴重品でなくとも、初対面の人に対して、なにを根拠に信じられるのだろうと不信感をいだくこともあり、できることなら他人に任せず、自分1人で抱えこんでしまったほうが、楽なのにとも思っていた。

　だからといって仕事を辞めることも出来ず、切羽詰まっていたあの頃は、母の転倒騒ぎが相継ぎ、安全面を考えると見守ってもらえることが最優先であった。仕方ないという気持ちから、次第に、母と私のＱＯＬ*が支えられ、共倒れしないためには必要不可欠な存在であることに気づかされ、感謝と信頼へ変わっていった。

　大げさなことではなく、信頼関係前提で成り立っている。しかしながら、その信頼を寄せるにも、相性が大事なことだと感じていた。

　＊ＱＯＬ＝英語のquality of life(クオリティ・オブ・ライフ)の頭文字をとったもので、さまざまな分野で使われている。life(ライフ)を生活、生命、人生のいずれの訳とするかによって、「生活の質」「生命の質」「人生の質」などとなる。一人ひとりの生き方、価値観に関わるものである。

　横浜へ越して来て4年、訪問してくださったヘルパーは、確か8人。

ヘルパーの仕事復帰

懐妊された方、病になられた方は別として、2人の方をお断りさせていただいたことがある。

　母の「イヤ」と言った理由は定かではないが、介護の仕事に携わってきた者の意見として、尊重してあげたいという思いと、実は、私の印象も同じであった。
　どちらもベテランの方であるらしく、手際はいいのかもしれないが台所や洗面の使用後の水はねや、あったところの物がたまたま移動されているとか……。
　また、声のトーンが大きくて勢いよく、うまく会話のできない母にとっては、圧倒されているようにも見られた。
　細かいことを言うようだが、たった1時間、されど1時間……毎週となるといかがなものか。
　なにより母が受けている身体介護とは、移乗や排泄、食事介助などお互いの手と手、体と体が触れ合うもの。支えてくださる方の肌が合う合わない感覚は「合い性」とでもいうのだろうか。
　2人への率直な思いを、ケアマネへ相談すると「わかりました。注意点は注意します」「相性というのもあります。そのことがストレスになってはいけないので」と、特に深刻な問題として受け取られることもなく、翌週には違う方がみえられた。

　そして、私もヘルパーとして働きながら、自身が指摘してきたことなどに気をつけている。
　一人暮らしの方や高齢のご夫婦、お子さんと同居の方など、環境に応じて合わせられるよう心がけている。
　ある利用者のご家族からは、「話し相手も仕事のうち」と言われたことがある。決められた時間内に事を終わらせるのは、慌ただしく難儀なときもあるが、できる限り耳を傾けて、相づちをうつのも必要なケアと思われる。
　もう1つ自身が実感して、心がけていることはスキンシップである。

「また来週」と言って、手を振ったのを最後に、入院された方や亡くなられた方もいて悔やまれたことがある。

お年寄りに限らず、自身にもいつなにが起こるかわからない。

帰る際は、しっかり目を合わせることはもちろんのこと、可能な方にはさりげなく肩や手に触れるように挨拶をしている。

こうした接遇（せつぐう）や傾聴（けいちょう）の心がけは、三宅先生のもとでの訪問先で、体操やマッサージを行うこととは別に教えられ、生かせている。

自宅へ戻り、母の顔を見ると「留守番ありがとう。大丈夫だった？」という、優しい言葉もかけられている。

たくさんの方々のお陰で、私は貴重な経験を積ませてもらいながら、なおかつ支えてもらっていることに感謝、感謝。

1月21日（月）

母がなにかを必死に伝えようとしているが、声に出せないでいる。

「食べたいの？　飲みたいの？　トイレ？　向きを変えたいの？　痛いの？　痒いの？」と思いつくことを言ってみるが、全て手を横に振る。

苛立ち

30分…1時間と粘ってみても聞き取れない。

しまいには「大きい声で」とか「はっきりと」と怒鳴ってしまう。

自分の太股を手のひらで叩き、苛立ちを押さえようとするが、「逆ギレ」している自身に頭にくる。

いてもたってもいられず家を飛び出すと、買い物帰りの姉に出くわした。ひとしきり文句をぶつけると、なにも言わずに頷いてくれた。

多少の怒り感情は消化されたものの、まだ頭を冷やすのには、近所を一回りする必要があった。

利用者に対しては、優しく接することはできるのに、いざ自分の母に対しては、いい加減ができない葛藤に苦しむ。

帰宅してみて、もう一度尋ねてみる。耳を澄ませてもやはりわかって

あげられず、「ごめんね」と言って諦めてもらった。
　その夜、母の寝顔を見ながら「もう怒鳴るのはやめよう」と心に誓った。いや、これまで何回も、そう誓ったはずなのに……。
　母を思えば思うほど、希望通りにしてあげたい、理解してあげたいと強く思うがために、結果的に必死に問いつめてしまう。
　枕元にいるウータンの頭を撫でていると、母が代わって微笑んでくれているようにも見られる。
　40過ぎておかしいかもしれないが、ウータンは、私の癒しである。
　しかし、肝心な母はウータンを好きではない。
　顔を合わせることもしなければ、撫でることもしない。
　近づければ払いのける仕草をするのはなぜだろう……。

1月29日（火）
　丹下さん訪問。初めて浣腸してもらうが苦しそう。
　脱水症状にならないよう、水分補給を十分に摂取するようにとのこと。

　写真付き年賀状を見た母の友人から、連絡があった。
　「いまだに以前の職場の人から「なおえさんはどうしてるの？」と聞かれるのよ」と。また、他の方からも「元気そうで安心しました」という電話や手紙をいただき、逐一、母へ報告をすると頷いていた。

2月1日（金）
　久しぶりに花屋へ立ち寄ると、店長から「今月で辞めるのよ」と。
　理由を根掘り葉掘り伺うわけにもいかず、自宅でご家族と共に、お母様をみられていることを知っているだけに、なにも言えなかった。

花屋閉店

　地域にほとんど友人のいない私にとって、このお店と店長は、心のよりどころであった。仕事が終ると、必ず自動販売機まで行って、好きな飲み物を選ばせてくれ、それを飲みながら、季節の花や植え替えの話はもちろんのこと、お互いに母親の話をすることもあった。

また、帰り際には「お母さんに」と言って、花をくださることもあった。「見ず知らずの私を受け入れてくださって、ありがとうございました」と、涙をこらえて伝えるのが精一杯であった。

2月6日（水）
　姉が恵方巻を作る際に買ったという「かんぴょう」を持って来てくれた。
　ガーゼに包んで、母の口へ入れる。
　大好物を味わえる姿を見ていると、まだまだ大丈夫だと感じられた。

　その日の夕方、ポータブルトイレに座らせ、おしもを洗っているところに姉が来た。
　母を立たせて姉に抱きかかえてもらい、私がかがんでお尻をのぞきみし、床ずれにクリームを塗ろうとした瞬間、母がおならをした。
　まともに嗅いでしまい「くさっ」と母を睨むが、表情ひとつ変えずに、シラッとしている。悪気がないことはわかっているが「少しはこらえようよ」と、お尻を（軽く）ひっぱたいた。

おなら2

2月12日（火）
　丹下さん訪問。「パジャマ姿もかわいい」と言ってくれた。
　今朝はいつになく、母がスローペースだったため、服に着替えさせるタイミングを逃してしまった。丹下さんに手伝ってもらいながら服を着替えさせるが、睡魔におそわれて体がくねくねしてしまう。
　「飴舐める？」「それとも寝ていたい？」との二択では、「寝る」に手を上げた。甘い物より寝ていたいとは、よほど眠いのだろう。

口腔ケア

　丹下さんから、「口腔ケアスポンジ」を勧められた。
　水にスポンジを浸し、よく絞ってから口の中を掃除する。
　その後で、「オーラルバランス」と

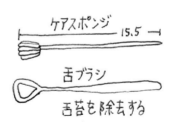

いう、ジェル状のものを塗ってあげると、口内に潤いを与え、口臭も和らげるらしい。
　口をゆすぐことができない母には、どれも必要な物になりそう。
　早速、介護用品カタログから「歯みがきティシュ」も一緒に注文した。

「今日は誰の誕生日？」「恭子」。
　カードを用意するが、母はやはりペンを握ることはできなかった。
　姉に「欲しいものは？」と聞くと、「あなたの存在。あなたがいてくれればいい」と、心がしびれる言葉が返ってきた。

　私にとっても、姉は分身のような存在である。
　今月から姉の提案で、ダイエットと気分転換を兼ね、徒歩25分程かけて、施設で過ごしている健汰を迎えに行っている。
　その道中には、お世話になった花屋があり、母の通ったデイケアもある。
　こうした適度なウオーキングをしている間に、姉は母におやつを食べさせながら、スキンシップを増やしている。
　役割をチェンジするという発想も、姉が言い出した。
　在宅療養を続ける秘訣は、「誰かに任せる」という、手を抜く、気を抜くという心のゆとりが大事である。
　それをさらけ出せる姉は、私にとってもかけがえのない存在である。

2月14日（木）
　自身の引き出し整理をしていたら、手帳が何冊か出てきた。
　平成18年といえば、母の動作がゆっくりとなり、体のバランスを保つのが難しくなってきたのか、杖を購入した年である。
　そんな姿に、不安がよぎっていることを記してあった。
　思いきって島根の実家をはじめ、色々な思い出の場所へ連れ出しては「これが最後になるのでは……」とも書いてある。
　後にも先にもこんなに一緒に出かけたことはなく、本当の意味で、二人三脚が始まった年かもしれない。

その翌年に、糖尿病1型と診断され、パーキンソン症候群の初期症状も現れ始めたと思われる。残された手帳を読み直しながら、この経過を「本に書き留めたい」と漠然と思った瞬間だった。

2月21日（木）
　山口先生訪問（6回目）。低血糖症状がみられたときは、砂糖を舐めさせるようにと。
　頻繁だと脳への影響を心配されるが、現時点では問題ないらしい。
　血圧については、引き続き薬は服用しなくていいそう。
　玄関先にて、「あの状態だと、あなたは付きっきりで身動きが取れなくて大変でしょう。うまく息抜きしてください」と言葉をかけてくださった。

　お雛様を飾り、「今年もお逢いすることができました」と人形を母の前に差し出してみるが無表情。
　病だからとわかっているが、心をのぞいてみたくなる。

2月26日（火）
　丹下さん訪問。「食べたい物はなに？」と聞かれて、なにか言っているが聞き取れない。
　調子はいいようで「あー」と声は出るが、息が漏れてしまう。
　私が「ときどき、一緒に歌を歌うんですよ」と、「赤いリンゴにくちびるよせて〜」と歌うと母も口パクで合わせるの見て驚いていた。
　ケア後、棒の先に付いている丸い飴を舐めさせた。
　取り出そうとすると、取られるのが嫌なのか、反射的な力なのか、口をつぐんで力みだす。なんとか取り出すことができたが、丹下さんと「焦ったね」と笑った。「今、なおえさんも笑った」と言うが、私にはそう見られなかった。笑ったのかな……。

食べたい物は？

調子はよさそうで、夕食前にもう一度「なにが食べたい？」と聞くと、「ばら寿司」とかすれた声が聞き取れた。

しかし、わかったところで食べさせてあげられるかが問題だ……。

3月3日（日）

姉が桜餅と期間限定プリンを買って来てくれた。

ひな祭りの歌を歌い、せめて桜餅の匂いだけでもと鼻を近づけたところ、口をモグモグと動かした。思わず笑ってしまうが、急に切なくなる。

あんこだけでもあげたいところだが、やめてプリンをあげた。

いつもと違う味だとわかると、食べるペースが早い。

その勢いのよさに、声を出して姉と笑ってしまった。

3月5日（火）
　丹下さん訪問。部屋へ入って来るなり「食べたい物は、ちらし寿司でしょう」と、言い当てられた。この1週間忘れず考えてくれていたことに驚く。食べられるかは、専門家と相談してくださるそう。
　また低血糖症状の対策として、ハチミツを舐めさせてみてはとのこと。

　午後、兄が突然に来た。母の手をずっと握っていた。次回は、母のリクエストでアイスクリームを持って来てくれると約束をして帰った。

3月12日（火）
　丹下さん訪問。むせ込みが強くなっていることと、目を閉じながら食事を食べることが多くなっていること、血糖値が下がってきていることを報告する。眠剤は、とりあえず中止するようにとのこと。
　そして、念願のちらし寿司となる「お粥」と「五目ちらしの素」をいただいた。
　その夜、山口先生から連絡をいただく。
　きっと丹下さんが心配して、一報くださったのだろう。

姉の詩

　姉が詩を書いて見せてくれた。
　「毎日不安です。すっかり小さくなってしまった母を見て、神様が天国に連れて行かれる日が刻々と迫っているのではないかと不安です。
　　毎日着替えをしたり、ベッドの横にあるポータブルトイレに立ち上がったり、食事を摂ることに頑張っている母。その姿を見て、もうそんなに頑張らなくてもいいんだよ、と思っている私。
　　でも、少しでも長く生きていてほしい。なんとも私の気持ちも不安定だ。
　　神様は知っておられる。全ての物事を量られている。
　　どうぞ私のこの不安を取り除いてください。委ねることがこんなに辛いとは思いませんでした。
　　私を強くしてください。委ねられるように……」
　切実な思いが、私と同じであることに涙が出てきた。

分かち合える姉がそばにいてくれて、本当によかった……。

3月14日（木）
　朝食は食べられず、ハチミツを2口と水分補給のみ。
　ちなみにスプーン1杯のハチミツは、約30カロリーと高い。
　母にとっては、救世主のようなエネルギー源となる。
　姉に母を任せて、お墓参りに出かける。
　帰宅して夕方から、母をお風呂へ入れるが、案の定、疲れてしまったようで、夕食を食べずに寝てしまった。
　私達の都合ではなく、母のリズムに合わせてあげなければと反省する。

　20時、夜用パッドに交換させた際、脱水症状を心配して水分補給をさせたところ、むせ込んでしまった。
　寝返りをさせるが、そのむせは、朝方まで続いた。
　心配が裏目になり、返って苦しい思いをさせてしまった。
　いったいどれほどの体力を消耗させてしまったのだろう。
　ゴツゴツとした背中とぺしゃんこのお腹に触れるたびに、母の限界がギリギリの状態にあると感じられる。
　　　　総食事量 305kcal。総水分量 170g。

3月16日（土）
　起床時に、「万由美さん」と丹下さんの名前を呼んだ。
「今日は来ない日だよ。なにか伝えたいことがあるの？」と聞いてみるが、返事はない。
　朝、昼食とほとんど食べられず、おやつのプリンもいらないと寝てしまう。それなのにむせ込んでいるのは、唾液を飲み込むのもうまくいかないのだろう。

微熱
　夕方、顔が赤く、少し呼吸も早い。食事はいらないとのこと。
　血圧 156/101mmHg（2回平均）。脈 90。体温 37度（平熱 36度）。

姉へ連絡しようと思ったが、したところで心配をかけるだけ。血圧が更に上がったら、看護ステーションへ連絡しようと思うが落ち着かない。

　１時間ごとに測定し、頭と脇下を冷やす。
　私になにか訴えているがわからない。
　緊急連絡するのはどうなのかと、何度も携帯電話を握り締めては、心の中で「どうしよう」と繰り返す。

　24時。いまだ、なにかを訴えているがわからない。
　３時過ぎまでむせ込みが続き、背中を擦りがら、「朝起きたら、もしかして……」とか「なんで昨日、連絡しなかったのか」などと、縁起でもないことばかりが頭をよぎる。
　不安を感じながらも、いつの間にか寝てしまっていた。

３月17日（日）
　起きてすぐ母を確認する。体は温かい、生きている。
　血圧 143/94mmHg。脈 85。体温 36.3度。
　食事と水分も少量ずつ摂取することができたが、今度は尿パッドを交換するたびに、水様便が出ている。

　夕食後、姉に母の体を支えてもらい摘便をすると、水様便が止まった。さすがに疲れたのだろう、すぐに寝てしまった。
　　　総食事量 255kcal。総水分量 150g。

３月19日（火）
　丹下さん訪問。「この間、万由美さんの名前を呼んだんですよ」と話すと、「えっ、なにが言いたかったの？」と問われていたが、無言。
　その日は、微熱とむせ込み、水様便があったことを報告する。
　むせについて、「今後、そういう場合に吸引はしますか？」と聞かれるが、母はすぐさま手を振り断っている。

吸引しますか？

誤嚥を防ぐためには、毎食後の口腔ケアをしっかりするよう言われる。

　朝食後、今、ケアしたはずの母の口を開けて見せられると、奥の方に食べ残しのクリームがへばり付いていた。これが、むせ込みの原因になるらしい。

　がく然とし、あの苦しむ姿を見ていると、もっと丁寧なケアを心がけなければと反省させられる。

　帰り際、「むせ込みがひどいときは、連絡してください。私が夜勤でないときも、とりあえず連絡してもらうように伝えてあります」
「でも、飲んでいたらごめんなさい」と苦笑される。
「そのときは、そのときですよ」と笑って返す。
　確か山口先生にも、そう返した覚えがある。

　最後に山口先生とは、もう一度確認のため、相談事や緊急時の連絡について、話をしておくとよいと念を押された。

3月21日（木）
　山口先生、訪問（7回目）。吸引を拒んでいることを伝える。
　もう1つ、この間の微熱の件を例にあげて「そういう場合はまず先生にご連絡するんですか、看護師さんですか」「どのような症状がみられたらご連絡すべきなんですか」と、不安な気持ちを一気にまくし立てる。
「なにかあったら、すぐに連絡をください」と一言。
　24時間の在宅医でない先生にそう言っていただき、心強い支えに感謝する。だから一件矛盾しているようだが、「飲んでいたら、そのとき

はそのとき」と受け入れられるのだろう。
　先生のご指示で看護師さんが動いてくださるのだし、丹下さんが駆けつけられなくても、他の看護師さんが来てくださるだろう。
　それ以前の信頼関係が築けていれば、なんら問題ではないと思われるし、きょうだいも同じ意見でいてくれるだろう。

　昼食は姉が担当してくれた。
　休憩してから、約4ヶ月ぶりに床屋へ連れて行った。
　お兄さんに「髪につやがありますね」と褒められたのもつかの間、「爺さんだか婆さんだかわからない」と、姉がまた言う。
　相変わらずデリカシーに欠けているが、今回ばかりは気がとがめたのか、リップクリームを買い、母のくちびるに色と艶を与えていた。

3月24日（日）
　1日予定のないこの日に、時間をかけて念願のちらし寿司を食べさせてみる。感想を聞いてみるが無視。
　せっかく用意してもらったのに腹が立つが、ここは深呼吸をして気持ちを落ち着かせる。必死に根気よく食べている姿を見ていると、「おいしい」と言っていることが伝わってくる。

3月26日（火）
　丹下さん訪問。脈が少し早くなり、体温が下がってきているよう。
　手足の末端の冷え対策に綿手袋をはめさせた。
　足は足浴もしくは蒸しタオルを当ててあげるといいそう。
　入れ歯の取り外しが難しくなってきていることを相談すると、「わざと力んでいるんじゃないのよ」と。口の回りの筋肉をマッサージしてから、入れてあげるといいとやって見せてくれた。

こめかみもマッサージ

ポータブルトイレ移乗は奇跡・リスク

そして「この状態で立ち上がって、ポータブルへ移乗しているのは奇跡よ」と言われた。確かに今の体重からすると、かなり無茶をしているが、移乗したいと望んでいる母もまたすごい。

その話を姉にすると、「奇跡の人、ヘレン・ケラーだ。ヘレン」と母を呼んだ。この顔にヘレンはないだろうと、吹き出してしまった。
どこまでデリカシーがないかと呆れてしまう。
母はもちろん無表情だが、嫌がっているように見られた。

3月29日（金）
姉と3人で花見へ出かける。ありがたいことに、目と鼻の先に桜並木が続いている。外は暖かく、桜は満開だ。

母にも見えているのだろうか……。桜を背景にして写真を撮る。

4月2日（火）
丹下さん訪問。日誌を見て「ヘレンって呼ばれているの？ 嫌な人手を上げて」と聞かれ、手を上げた。やはりそうかと、2人で笑う。

ポータブルトイレの移乗にはリスクが高く、立ち上がったときに血圧が下がり、めまいを起こす起立性低血圧や座位姿勢では若干の不整脈がみられることから、心臓への負担をかけているらしい。
奇跡をこのまま続けていていいのだろうか……と不安になる。
摘便をしてもらいながら、便にすっぱい臭いがしたら連絡してほしいとのこと。急変の前兆なのだろうか。

夕方、ポータブルへ移乗させようと立ち上がらせて、リハビリパンツを下げた瞬間、水様便が出てしまった。

携帯で姉を呼び出して、手伝ってもらう。今後、1人で始末をしなければならない状況もあるのだと思うと、移乗はもう無理だと強く言って聞かせるときが来たよう。

＊起立性低血圧＝立ちくらみ…起立性低血圧の一種。パーキンソン病では一般に低血圧の人が多く、病気の影響で交感神経の働きが悪くなると、急に立ち上がった時に一時的に脳の血液が不足して起こる。

4月3日（水）

緊急対応相談

ケアマネから連絡が入る。「丹下さんから「緊急時の対応をお願いできますか」と、依頼がありましたが、どうかされましたか。詳しく聞かせてください」とのこと。

丹下さんに、そのような相談をした覚えはないが、もしや、今後のことを見越してくださったのだろう。

実際、昨日のような失敗があったことを伝え、不安を感じていることを話すと、「幸い事務所からご自宅まで近いので、誰かが駆けつけることは可能です。でも、誰が来られるかはわかりませんし、時間外の対応は保証できませんが、それでもいいですか」と。

藁にもすがる思いで、二つ返事でお願いをする。

4月5日（金）

体重21kg

入浴前の体重は、21kg（着衣込み）。

骨と皮だけの体をまじまじと見ながら洗う。

こんな状態でありながらも、お尻の床ずれがきれいなピンク色に治っているのが不思議でならない。

体の負担は相当なものだと思われ、湯船に浸からせるのは3分程。

それでも母は入りたいと言うし、私達も入れてあげたいという気持ち

が強くてやめられない。

母の、その「時」が近くなっているように感じられた。
午後から、葬儀屋へ相談に行く。
「お姉さんとよく似ている」の言葉が、富永静江さんとの最初の挨拶だった。
姉がすでに大まかな話をしていたため、今回は、具体的に話を詰めていく。
キリスト教（プロテスタント）なので、牧師先生に式を進行していただくこと。参列者は、身内と牧師先生ご夫妻を含めて10人。
祭壇は設けず、生花台だけにし、その花は母の好きな赤いバラを主体にしてほしいことと、献花も赤いバラをお願いする。
遺影は母自身が10年前に、遺書と一緒に写真を引き伸ばして用意していることを伝えると驚いていた。
しかしながら、写真の姿は体重は50kg台はあり、歳は60代であろうか。
いくら身内のみで行うといっても、現実とのギャップに違和感を感じてしまうため、3年前に写した笑顔の写真を遺影にしたいとお願いしたところ、かかる費用は数万円と聞いて、今度はこちらが驚いた。

今からこんなに、打ち合わせをしていることに対して、後ろめたい気持ちがないわけでない。
母の死を待ち望んでいるわけではなく、その「時」を慌てずに迎えられるために、不安を1つでも減らす、生前準備をしているのだと……。
自分のやっていることに間違いはないと、自身に強く言い聞かせないと心が折れてしまいそう。

4月7日（日）
こちらがしつこく声をかけないと、朝起きられないことが多くなる。
昼食の介助に来てくれた姉にその旨を伝え、ポータブルの移乗は体の負担を考えて、1日3回までにしようと話し合うと、母も頷いた。

＜葬儀屋へ相談＞

＜ポータブルは1日3回まで＞

これまで本人の希望とはいえ、1日7回も移乗していたほうが、異常だと思われる。

4月9日（火）
　丹下さん訪問。摘便しようとするが、便は溜まっていないそう。
　腹部から肛門へ刺激を与えたので、後で出るかもしれないとのこと。

　体重が21kgと測定されたことに、計り間違えていないか尋ねてみると、顔のやつれ具合から、間違っていないときっぱり言われた。
　「足先の変色や呼吸が荒くなったら、連絡ください」とのこと。
　そのサインを私は、見逃さずに気づくことができるのだろうかと思うと、胸が少し苦しくなった。

　介護日誌に必ず目を通してくれる丹下さんから、むくみや尖足が見られないのは、ポータブルへの移乗を続けているからと言われた。
　リスクを負ってのリハビリ効果ということになる。
　「1日3回まで」の約束についても、「夕食後のポータブルはなしね」と、母に優しく諭してくれた。

習慣性尖足
長期間寝たきりの状態により、足の重みや掛け布団の圧迫によって起きる

習慣性尖足について
▶参照　看護用語辞典ナースpedia より
《https//:www.kango-roo.com/word/10055》

　「なおえさんがこんなに頑張れるのは、娘さんのそばにいたいからだよね」と言われて、手を上げる母。
　不意を突かれ、母の前でこらえてきた涙が溢れる。
　「そうなんですよ。でなきゃ、頑張れないもんね」
　「なかなか本人には言えないけれど、心の中ではそう思っているんでしょう」と、また手を上げた。

「食いしん坊で、頑張っている姿を見てもらいたいんでしょう」と、また手を上げて、丹下さんと大笑いしてしまった。

そして最後に、「この家族に対して、心配事はありません」「この記録（日誌）を本にしてほしいな」と言われて、ドキッとした。

早速姉へ「母が頑張れるのは、私達のそばにいたいからなんだって」とメールをすると、「勤務中に涙が出て困る」と返信がきた。

4月11日（木）

朝食から午前中の入浴前後にかけて、むせ込みが止まらない。

前日、カレーを食べさせると約束していたが、その様子から、カレーをやめて喉ごしのいいものをと勧めても、カレーを「食べる」に手を上げる。食べ始めるとむせが止まり、食への意欲と生命力の深さを感じられた。

夕食前、姉がトイレ介助と着替えを手伝いに来てくれるようになっていた。この日、姉が母の額に手を当てて「今日も1日お守りくださり感謝します」とお祈りすると「アーメン」と声を出した。

久しぶりに聞いた声に驚き、思わず拍手してしまった。

続けて「このご飯を感謝していただきます」と言うと、更に大きな声で「アーメン」と。今度は、2人揃って拍手をする。

昨日に引き続き、母はまだまだ大丈夫と確信した。

4月14日（日）

ずっと気になっていた左目。花見の写真の出来上がりを見てみると、やはり焦点がずれて写っていた。

「どちらの目で見ているの？」と聞くと、右目を指差した。

そういえば、山口先生に診ていただくようになってすぐに、眼球運動障害の説明をされたことがある。最初に上下方向の動きが悪くなり、最終的には全方向へ動かなくなるらしいと。その兆候が左側に見られると言われたことを思い出し、とうとう機能が奪われてしまったよう。

母の心の声

眼球運動障害2

4月16日（火）
「足が寒い」との訴えを聞き取れたと、姉が嬉しそうに話してくれた。
「その調子で食べたい物は？」と私が聞くと、「お豆」と答えた。
「グリンピース煮」と「大豆煮」の二択では、大豆を選んだ。
　ほんのちょっとでさえも、意志疎通ができることが嬉しい。

　おやつの時間には、兄が約束していたプリンをたくさん買って来た。
　その中から母は「杏仁豆腐」を選んだ。
　ほんの些細なことでも、選ぶ、選ばせられる楽しみがまた嬉しい。
　入れ替わりに、仕事休みの梓沙が顔を出す。
　実家を離れて頑張っている姿は、はつらつと頼もしく見られる。
　止まらない話の合間を縫いながら、母の着替えと夕食の介助を手伝ってもらう。これまで健汰の面倒をよくみて、仕事も福祉の道を進んだ彼女は自立した介護のプロとなり、安心して任せられる。
　こうして関わってもらえることは、お互いに大事な務めではないだろうかと、小さな幸せを幾つも感じられる日であった。

4月18日（木）
　山口先生訪問（8回目）。部屋へ入って来るなり、「今、爽やかな風にマイナスイオンを感じられました」と言われた。
　4階に流れる南風と、室内のあちらこちらに観葉植物が置いてあるからだろうか。一瞬でもそう感じてもらえて嬉しい。
　しかし私にとっては、この部屋を訪問してくださる山口先生はじめ皆さんが、いつも心地好い風を運んで来てくださると感じている。

4月23日（火）
　9時に丹下さんが来るというのに、8時に起きてしまった。
　慌てて母を起こし、トイレと朝食をなんとか済ませられたが、その疲れか、ケアを受けながら、終始うつらうつらしていた。

おやつ後からも眠りが深く、夕食は食べられていない。
　尿量が少ないため、脱水や低血糖症状を心配して、無理やり起こす。
　パジャマに着替えさせられず、水分補給と夜用パッドを交換するだけで一苦労。
　深夜3時、「知恵」と呼ばれて起きたが、あれほど心配していた排尿も確認せず、なだめて寝かせてしまった。

4月24日（水）
　寝返りさせたり、胸や背中を擦ったりするが、1日中むせが続く。
　18時にお寺の鐘がなるころ、姉が手伝いに来てくれる。
　すでに体力を消耗させているはずなのに、ポータブルへは移乗したいと言って聞かない。
　脱力した体は、姉とだからケアできるんであって、私1人なら無理。
　この日も夕食を食べずに寝てしまった。20時、無理やり起こして、夜用パッドに交換後、水分とハチミツを摂取させる。
　今日から排尿パッドを計りに乗せて、量をチェックすることにした。
　　　総尿量 238g。総食事量 550kcal。総水分量 190g。

排尿量チェック開始

4月25日（木）
　眠剤を服用していないのに、いつもの時間に起きられないよう。
　予定のない日だから、目覚めるまで寝かせてあげよう。
　顔が茶色っぽく見られるのは、気のせいだろうか……。また、腕やすねには、少しの衝撃にも赤紫色の皮下出血となり、痛々しい。
　　　総排尿量 68g。総食事量 406kcal。総水分量 180g。

4月26日（金）
　訪問看護ステーションへ連絡する。丹下さんに繋いでもらい、尿量が少ないことを伝えると、今はどこの患者さんも同じ傾向にあるらしい。
　気温の変化や口を開けているだけでも、体の水分が奪われるそう。

また母の場合は、どうしても高カロリー摂取を意識してしまうが、ハチミツやプリンなどに含まれる水分量は少ないことを指摘された。
　そうは言っても、好きな物を食べさせてあげることが大切であり、食べる楽しみが薄れては、元も子もないとのこと。
　丹下さんと話ができたことで、気が楽になり安心する。
　確かに今週は、気温20度の日もあれば暖房をつける日もあった。
　まさか湯タンポでも体の水分が奪われるとは、思ってもみなかった。
　　　　　総尿量 172g。総食事量 290kcal。総水分量 250g。

4月27日（土）
　今週2度目の朝寝坊。
　午前中に予定していた入浴を午後に変更してもらう。

　入浴後、母の足趾をドライヤーで乾かしてくれている姉が、巻き爪を発見してくれた。いつも手足のマッサージをしながら、むくみや肌の色を見ていたはずなのに、と自分自身に腹が立つ。
　もっともっと母に関心を持って、床ずれができないよう、かかとや肘などの赤みを見過ごさないように……。
　私が気づいてあげなくてどうする…と、また反省する。
　　　　　総尿量 173g。総食事量 285kcal。総水分量 190g。

4月30日（火）
　丹下さん訪問。日誌に寝坊のことが書いてあるからか、「寝られていますか？」と聞かれた。ケアマネからも、その点をよく心配される。
　母が眠剤を服用する前はよく起こされたが、今では1、2回程。
　寝床へ入れば、1、2分で寝られてしまう。
　以前は母から、「寝言」「いびき」をかいていると言われたこともしばしばあったが……。きっと今もそうなのであろう。
　「恥ずかしながら、よく寝られています」と、答えた。

寝られていますか？

今の母にとって、食べることやリハビリ、ポータブル移乗は、かなりしんどいことらしく、「リハビリの日数を減らしてもいいのかもしれないですね」と言われた。
　母に確認してみると、これまで通り週2回で受けたいと手を上げる。
　丹下さんから「強気ななおえさん大好き。大丈夫」と。
　「大丈夫」という言葉に、何度となく励まされている。
　なによりも母の気持ちを尊重してもらえることに感謝したい。
　母から取り上げていいものなど、1つもないよう。
　今のままがいいらしい。それを私は見守れればいいだけのこと……。
　　　　総尿量 83g。総食事量 420kcal。総水分量 190g。

5月1日（水）
　下北沢教会から、小嶋さんと寺嶋セツさんがお見舞いに来てくださった。重いカートを杖代わりに小嶋さんが引き、駅の階段では、そのカートを寺嶋さんが担いでくださるそう。
　これまで何度そうして足を運んでくださったことか……。

　讃美歌を歌い、母の手を握ってお祈りしてくださる姿に心から感謝。
　両親のことをよく知っている2人からは、いまだに父のことを「歌がうまかった」「字がじょうずだった」と褒めてくださる。帰り際には、介護にあたる私達に労いの言葉と共に祈ってくださることにも感謝する。

5月2日（木）
　姉は母の顔、特に鼻をしつこく触りまくる。「やめて」と声を出すこともあり、本当に嫌がっているのに、面白がってやめない。
　そんな姉が、「ＯＳ-1」をもじり、「オーエス、オーエス」と言いながら、母の口へスプーンを運ぶ。
　「どうして綱引きのかけ声は、「オーエス」って言うのかね」と。
　そういう発想や笑いは、私にはでてこない。
　私とは違う接し方をする姉を羨ましく思うこともある。

5月7日（火）
　夕方、兄がプリンを持って来てくれたが、苦しそうにむせ込んでいる母の背中を擦ることもできず、一歩引いて見ているだけであった。

　その夜、兄からメールがきた。
「つくづく思うんだけど、姉ちゃんも知恵子も、お母さんの生まれ変わりみたい。だからお母さんは幸せなんだね」と。
　ＤＮＡは受け継いでいるが、生まれ変わりではない。
　けれど、言いたいニュアンスは伝わってくる。
　これまでこうした思いを伝えてくれたのは初めてのこと。
　やはり思いは、言葉にしないと伝わらないことが大半ではないだろうか。兄なりの思いが心に響いて嬉しかった。
　でも返信には、「お兄ちゃんらしくないメールだね」と打つと「そう？そうだね」と、お互いに照れ笑いのやり取りをした。

5月11日（土）
　入浴前、手足のむくみに左右差が見られた。
　また肘関節の拘縮が強くなり、着替えさせることも難しくなってきたため、健汰のお古である、大きめな前開きシャツを着せることにした。

着替え困難

「母の日」と言い、姉がカーネーションを渡しに来た。「明日から5日間、旅行へ行って来るけれど待っててね」と、母の頭を撫でた。
　ギリギリまで行くことを躊躇していたが、「きっと大丈夫。そのときはそのとき。なるようになる」と、いつものポジティブ精神に切り替え、「私もそう思う」と賛成した。

5月14日（火）
　丹下さん訪問。ハチミツを舐めさせると、むせることが多くなり、本人もあまり舐めたがっていないことを報告すると、「やめましょう。食

べたい物を食べさせてあげましょう」とのこと。
「今、笑った」と丹下さんは言うが、私にはそう見えなかった。
　もう、どれくらい笑顔を見ていないのだろう。
　感じとってあげられる、心の余裕がなくなってしまったのだろうか。
　また丹下さんに「車椅子に座る？」と聞かれ、手を上げた。
　この何ヵ月、座っていないのだろう。
　母が座りたがっていたなんて、思ってもみなかった。

　いつもならここで「母のこと、なにもわかってあげられていない」などと自己嫌悪に陥るところだが、「丹下さんには敵わない」と思った瞬間、私の中の「完璧」という壁が、いい意味で崩れていった。
　もっと気楽に構えればいいのだが、まだどこかで「母のことを一番理解しているのは自分だ」と、思い込んでしまうところがあるよう。
　物事を深く考え過ぎず、私には私にしかできないことをやればいい。
　各専門職の方に、お任せできるところはお任せすればいい。
　決して気張らず、皆さんにフォローしていただこうと、甘えられる気持ちが、長い介護を続けていかれる秘訣である。
　帰り間際に、次回レンタルする車椅子は、リクライニング式がいいと勧められた。寝たきりとなった今、気分転換や姿勢変換にもなり、これから夏に向けて、体温のこもりも解消できるとのこと。

「車椅子やポータブルへの移乗したい理由は、健康維持のため？」と聞かれて、手を上げる。「リハビリ？」手を上げる。
「娘さんの負担を軽くしたいから？」手を上げる。
　どこまでも強気で、どこまでもけなげな母。
　午後は、姉と車椅子に乗せて散歩する。といっても15分程。
　母にとって、いいリフレッシュとなったのだろうか……。

5月19日（日）
　三宅先生がお見舞いに来てくださり、母に目線を合わせて、優しい声

完璧な介護をやめる

でゆっくりと語りかけてくださる。

　日誌の「ＯＳ-1」(オーエス ワン)のもじりを見て、「オー・イス（oh hisse）。フランス語で巻く、巻き上げるという意味では。水夫が帆を上げるときのかけ声だと思います」と。
　とっさに答えられる先生は、やはりさすがだ。

5月22日（水）
　夜の「いのちの輝きスペシャル」という番組で、山田泉さん（2008年）の姿があり「いのちの授業」として、多くの小学生に言葉を伝えていた。山田さんは養護教諭であったが、がんを発症（2003年）し、休職と復職を繰り返して、退職（2007年）された。

「愛情が生きる力を与える」
「幸せは、明日があること」
「生きていくことは、人のために生きること、人のために尽くすこと」
「人の死から学ぶと、生き方が変わる」
　　　　　　　〈ＴＢＳテレビ『テレビ未来遺産』「いのちの輝きスペシャル」
　　　　　　　　2013年5月22日　19：00～22：54放送　より〉

　一語一句のメッセージが母への思いと重なり、泣けてしまった。

5月25日（土）
　入浴前、体重は21kg（着衣込み）。体重は横ばいだが、体は更にしぼんでしまったよう。それなのに傷や床ずれが、ピンク色に治ってしまうのが不思議でならない。

「肌つやがいい」「調子よさそうね」と、誰からも言われる。
　私が「嬉しいね」と声をかけると、手を小刻みに振る。
「嬉しくないの？」頷く。「本人にしてみれば、しんどいのに、わかってもらえないってこと？」頷く。すねているような表情に、思わず可愛

くて笑ってしまう。基本的に血色で健康状態を表されているといわれるが、肌艶には、心模様までを読みとくことはできないのかもしれない。
　確かに母のバロメーターは、肌艶よりも食欲で判断している。

6月2日（日）
　武蔵村山から叔母が見舞いに来てくれた。
　父の妹であり長女として父のことを一番よく知っている。
　疎開先の話や家系図を書いて、ルーツを語ってくれた。

　父といえば、お酒を飲むと話がくどくなるのだが、普段は口数が少ないこともあり、初めて聞かせてもらった話もあった。
　母も目を開け、耳を澄ませて聞いていたよう。

6月4日（火）
　丹下さん訪問。「行きたい所は？」と聞かれ、色々とあげていくなかで「町田」に反応した。
　私が「明日、父の命日だからお墓参りだね」と言うと、首を振った。
「息子さんの所？」と聞かれ、頷いた。
「息子さんが心配なの？」頷く。
「信じられない」とやっかむ私。
　父も息子には敵わないらしい。
　そう言いながら私が頭を撫でると、母はいつも気持ちよさそうに目を閉じて、うっとりした顔をする。
　丹下さんから、「いっぱいかまってほしいみたいね」と言われた。
　姉も同じことを言っていたことがある。

　両親を早くに亡くし、甘えられる環境でなかったことは察しがつく。
　戦前戦後をくぐり抜けて来た背景を想像するのは難しく、かたくなに語ろうとしないことで、更に理解しがたい。
　いや、母は理解してもらおうとなんて、これっぽっちも思っていない。

かまって

誰かを頼ったり、悩み事や噂話、陰口さえも聞いた覚えがない。
　悪く言えば、他人に無関心とでも言うのだろうか。強い心を持っていないと、乗り越えられなかったことも多かっただろうに……。
　年を追うごとに、幼子に還っていくといわれている……。
　してもらえなかったことを、してあげたい……。
　いっぱい、いっぱい甘やかしてあげたい……。

「なおえさん、頑張って食べているね」と言われ、目を大きく開けて頷いた。そのリアクションに2人で大笑いする。
「頑張っている、なおえさん大好き」「大丈夫、大丈夫」と。

　こんなとき「頑張って」と声をかけられると「まだ頑張らないといけないの」「どう頑張ればいいの」と反発を感じてしまうこともある。
　しかし「頑張っているね」と言われると「そうなんです」と、その努力が認められているように感じられ、とっても嬉しい言葉になる。
　　　総食事量 380kcal。総水分量 180g。総尿量 180g。

6月5日（水）
　療法士森永さんの訪問中に、リクライニング式車椅子が届き、頭部や足元の微調整を手伝ってもらえた。想像していた物よりコンパクトで、小柄な母にもフィットしていて驚いた。

　ケアマネ訪問。母がこの様な状態でありながら自宅にいられ、娘達がみているのは稀なケースだと言われた。
　私もヘルパーとして、様々な家庭環境を見て聞いているのでわかっているつもりだが、本当に今、与えられている全てのことに感謝している。

リクライニング式車椅子

父が亡くなり9年目。「あっという間だったね」と言っても無反応。
父にしてあげられなかったことを、母に精一杯してあげよう……。

6月8日（土）
「今日はなにしていたの？」と姉が聞く。
口をモゴモゴ動かすが、何を言っているかさっぱりわからない。
すかさず姉が「生きていたんだよね」と。
当たり前のようで当たり前じゃない、その言葉が心に染みる。
限りある命を共に大切に過ごしたい。

6月11日（火）
何度起こしても起きない。
目が開いたと思ったら、丹下さんが来るまで寝ていたいと言う。
結局、丹下さんに手伝ってもらい、着替えから車椅子への移乗、朝食まで食べさせてもらう。私ではない誰かにだって甘えたいよう。

午後、府中から叔母が見舞いに来てくれた。
母が元気だったころに着ていた服を見てもらうと、どれも気に入ってくれ、コートやスーツ、ブラウス、帽子など約15点、全て着替えて見せてくれ、しまいにはその中の服を着て帰られた。
実は前日、あげてもいい服と取って置きたい服を母に選んでもらっていた。形見としてではなく、手渡してあげたかったのは、母も同じ気持ちだったよう。あんなに喜んでもらえて、嬉しかったに違いない。

6月17日（月）
寝返りできない母を、日中は1、2時間ごとに体位交換させているが、夜は小まめに面倒見切れず、今後の床ずれが心配とケアマネへ相談したのが先週のこと。
すぐに福祉用具の森下さんへ連絡をしてくださったようで、今日その体位交換ベッドとマットレスが届く。

体位変換ベッド

最新マットレスは、体重のかかりやすい肩や肘、仙骨部や踵(かかと)などの骨が突き出ている部分に対して、圧力ポイントを移動させて体圧を平均的に分散してくれるらしい。

　いよいよ夜「体位変換」設定する。60分ごとに角度が変わるらしい。
　気づけば16度と、サイドレール（柵）と同じ高さまでマットが片寄っていた。
　なぜこのキツイ角度に母はへばり付いていられるのだろうと、1人笑ってしまった。

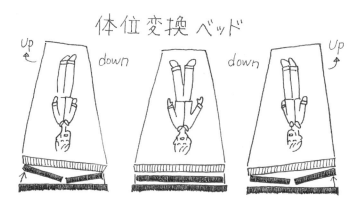

6月18日（火）
　丹下さん訪問。朝起きられなくなった母。これから行われる摘便や車椅子移乗に備えて、体力を温存しているらしい。
　体位変換の角度は8度に設定し、日中はこれまで通り、三角パットを使用するようにとのこと。

　夕方、兄が来た。そこへ、姉もタイミングよく顔を出した。
　日焼けした2人の横顔がそっくりで、思わず「兄ちゃんはどっち？」と聞いてみると、母の手は勢いよく兄の方へ動いた。
　普段見られないスピーディーな動きに、皆で大笑い。

この様子を動画におさめることができた。
　3人で母を囲んでいたのは、たった5分程。
　なんとも和やかで、幸せを感じられる瞬間であった。
（振り返ってみると4人でいられたのは、この日が最後であった）

6月20日（木）
　山口先生訪問（10回目）。婦長のような貫禄のある、見知らぬ看護師が同行され、「スキンケアがよくできていますね。介護力がすごい」と、褒められ嬉しくなる。
　特になにも治療を選択していない母に、山口先生はバイタルサイン*と床ずれを診て、処方をしてくださる。毎回、30分前後の時間を割いて私達に「安心感」を与えてくださることに感謝。

　午後は、牧師先生ご夫妻がお見舞いに来てくださった。
　幸枝夫人の人柄が溢れるアレンジのお花からは、いい香りが漂う。
　母の愛唱聖句を読んでいただき、讃美歌を歌ってくださった。
　声は出ないが、母も一緒に歌っていたに違いない。
　言葉にならなくても牧師先生を前に、祈っていたに違いない。
　そして、心は満たされて、神様の愛を感じていたはず……。

　日誌を見られた先生より、「本を書いたらどうですか？」と言われ、少しその気になりつつある。

　＊バイタルサイン＝体温、脈拍、血圧、呼吸、意識などを総称してバイタルサイン（生命の信号）といい、これらを確認することをバイタルチェックという。

6月22日（土）
　「おやつを食べよう」と声をかけると、いつもなら目を覚まして手を上げるのだが、反応なし。「30分後にまた声をかけるね」と言うと、頷いた。

30分後、声をかけると「食べる」より、「寝ていたい」に手を上げた。
そこへ姉が、「おやつだよ」と入って来た。
頑として目と口を閉じ、「いらない」と意思表示をしている。
「受け付けないものは、無理にあげなくていい」と言われているが、家族としては、衰弱してしまうと不安に駆られてしまうもの。
　　　総食事量　243kcal。総水分量　200g。総尿量　194g。

6月23日（日）
　朝食を食べさせるのに90分もかかった。本来ならば小まめにあげるべきところ、母が口を動かして粘る姿にこちらも根気よく、食べる気があるときに食べてもらいたいとあげてしまう。

　日曜だというのに三宅先生がお見舞いに来てくださった。
　母とはアイコンタクトができているよう。体に触れることなく、みぞおちの上下する回数を数えて、呼吸や状態を確認されている。
　私の体調にも気遣いを忘れず、声をかけてくださることに感謝する。

6月24日（月）
　7時、起きない母を無理やり起こして、体調チェックとトイレ、着替えを済ませてから朝食を食べさせるのは、かなり慌ただしい。
　9時からリハビリだというのに、5分前に朝食が終わった。
　毎回これではしんどいだろうと、何度も訪問時間の変更を希望しようと思うのだが、そうなると曜日や担当者も変わってしまうのではないかと思われ、言い出せずにいる。

6月28日（金）
　体が冷たい。一瞬焦るが息はしていて、ホッとする。
　平熱36度台だったのが、ここのところ34度まで下がっていることがあり、間違いではないかと何度も計り直す。

朝はぎりぎりの支度

午後、叔父夫妻が見舞いに来てくれた。

叔父さんの声に反応して、布団から手を伸ばして握手する。

皆とダイニングでお茶を飲みながらおしゃべりをし、時おり母に向かって「こっちの話が聞こえてる？　聞こえてたら手を上げて」と言うと、スーっと手を上げた。

皆で大笑い。そう、母も皆の和の中にいるんだよね。

6月29日（土）

入浴。母の体から、もうなにも落ちるものはないと思われるほど、骨盤や肋骨があらわになり痛々しい。

床ずれができないよう、抱きつき枕「だっこちゃん」を抱えさせる。

1m程ある円錐形枕は、母の胴体よりもふくよかであり、体全体の体圧の負担を優しく分散してくれ、なおかつ触り心地がなんとも気持ちいい。

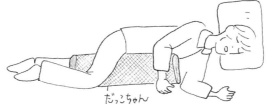

7月2日（火）

丹下さん訪問。体温の変動や血圧測定にエラーが多くなってきていることと、測定した後に、圧迫された腕が赤くじんましんのように見られることを報告すると、軽く頷いた。

そして丹下さんからは、脱水症状の見極め方を教えてもらう。

口の乾きを見てみることと、ワキの下に触ってみて湿っていなければ疑うようにとのこと。

あとはいつものように、母を車椅子に移乗させて水分補給をさせてく

れる。
　初めてあげるソーダ味は、好物のプリンよりおいしいと手を上げた。
　難点は高カロリーではないこと。
　まだまだ母の食欲をそそる味を試してあげよう。

7月5日（金）
　姉がメロンプリンを買って来た。これがまた食いつきがいい。
　目新しくおいしいものがよくわかるよう。

　出雲大社は、今年（平成25年）、60年に一度の「大遷宮」の年だからか、テレビでよく特集されている。蕎麦やぜんざいが有名なのは知っているが、「フグ」もそうらしく、母に尋ねると、頷いた。
「それでフグは食べたの？」頷く。魚屋だったのだから当然か……。

7月7日（日）
　起床時、母の体が熱くて驚いた。
　平熱で安心するが、室温は28度もあり、すぐに冷房をつけた。

　珍しく1日を通して、起きている時間が長かったこの日、夕方から自宅にて、いつものメンバーと女子会をする。
　母も半年ぶりに顔を合わせることができたが、今夜も賑やかで、なかなか寝付けなかったよう。

7月9日（火）
　丹下さん訪問。低血糖対策について、水分補給も意識し、少しでも間食をさせるか、夕食の時間を遅らせてみてはとのこと。

　さっそく夕食を30分遅らせてみたが、眠そうで食べられないよう。
　遅らせて食べられず、朝も起きられないでは困る。
　ならば明日から、今以上に小まめに摂取させよう。

姉が「ＯＳ-1」を段ボールごと買って来てくれた。
　最終的に摂取できるのは、これしかないとの話になり、まとめ買いを頼んでいたのだ。
　そして、母の寝顔を見ながら、今月から９月頃の覚悟かもしれないと話をする。

7月11日（木）
　案の定、いつもより１時間遅く起きるが、予定のない日だから慌てない。母のペースに合わせられるが、心配していた通り、血糖値が低いこともあり、とても立てる状態ではない。
　砂糖を舐めさせたあとで、「ポータブルへ移らなくてもいい？」と尋ねると、頷いた。
　母も私も、この日を境に限界を感じた。
　とうとう寝たきりになるのだ…と。
　涙をこらえながら、尿パッドの交換と着替えをさせた。

　その日のむせ込みは１日中続き、夜中はいつになく苦しそう。
　背中を擦りながら「これが最後だったりして……」という不安を打ち消して床につく。

7月12日（金）
　目覚まし時計が鳴る前に、気配を感じて起きる。
　母の体が熱い。体温は、36.8度。
　水分補給をさせ着替えをさせてから、また寝かせた。

　おやつの時間に合わせて、兄がアイスクリームを買って来てくれた。
　せっかくだからと兄にスプーンを渡し、食べさせてもらう。
　明日は兄の誕生日。その話題になると、母の口がパクパクと動いた。
　「おめでとうと言ってるの？」頷いた。母の深い愛情を感じられる。
　（そして、兄とはこの日が最後となる……）

ポータブルトイレ限界

7月13日(土)
「今日は誰の誕生日？」「徳」と口パクする。

　入浴前、少し血圧が低くて気になるが入れてしまう。
　入浴後、体を拭いていると肛門が張っているよう感じられた。
　ベッドへ戻り、もう一度、肛門を確認すると便が見られ、姉がいるうちに手伝ってもらい、摘便をする。
　せっかく体をきれいにしたというのに、爆発的な量にげんなりする。
　いや、そうではなく、温まったことで刺激となり、スムーズに排便が出たのだろうという気持ちに切り換える。
　そして「ヘルパーさんが来る前にスッキリできてよかったね」と声をかけると、頷いた。

7月15日(月)
　ケアマネ訪問。ポータブルへの移乗は、姉に手伝ってもらい、1日1回となったことを報告する。
　立ち上がりに必要だった手すりは不要となったため、撤去を依頼すると、「なおえさん、よく頑張ったわね」と褒められていた。

7月18日(木)
　山口先生訪問(11回目)。手足のむくみと目やにのことを報告する。一通り様子を診ていただき、血圧も胸の音もいいとのこと。
　「では、来月また来ますね」と、母と握手をする。
　玄関先にて、つい口走り「なにかのときには」と言うと「なにかあったらすぐに連絡をください」と、私の思いを受け止めて、支持くださるという集約した一言をいただけた。
　おやつ前、部屋に嫌な臭いがする。
　姉へ連絡をして下痢の始末を手伝ってもらう。
　脱水症状にならないよう水分補給をしてもらいたいが、水分も夕食も

いらないと寝てしまった。

　その夜、姉が来た。母を指差し「大丈夫？」と。
「下痢の前後は、これまでも同じように調子が落ちていたから、今回もそうでしょう。大丈夫」と話す。

7月19日（金）
　小嶋さんから贈り物が届いた。早速、お礼の電話をかけると「お母さんをよろしくね」と、精一杯な思いが、受話器を通して伝わってきた。

　教会員の熊谷美子さんからも「お母さん大丈夫？」と連絡があった。「皆さんが母のことを気にかけてくださり、ありがたいです」と伝えると「あなたのお母さんは、そうやって皆のことを気にかけてくれる人だったのよ。だから今、皆がお母さんを心配しているのよ」と。
　また、季節の変わり目と共に母の容態を心配して電話や手紙、カードをくださる牧師先生ご夫妻はじめ教会員の皆さんや、母を慕ってくださる熊本の皆さん。海外に住んでおられる山元牧師ご夫妻……。
　1人ひとりの顔が浮かび上がるのと同時に、母も誰かに電話をかけていたり手紙を書いている姿が思い出される。
　筆まめな母は、ハガキやカード、切手にシールを集めていた。
　私も受け継いだのか、それらに目がなく、見せ合ってはよく交換していた。
　多くの人達を愛し、多くの人達に愛されている母を改めて尊敬する。
　そこまで受け継ぎたいものだ。

7月20日（土）
　血圧測定はエラー続き。締めつけるのも痛々しくて測定をやめる。
　無理をせず、清拭でいいはずなのに「お風呂に入る？」と聞くと、手を上げる母。入浴前の体重は、約19kg。姉との会話もなく、すぐに湯船から引き上げて、手際よくベッドへ寝かせる。

体重19kg!?　レベル低下

ここのところ常に目が開いているが、眼球の動きはまったくない。
寝ているのか起きているのかわからない。

7月23日（火）
丹下さん訪問。母を見るなり「時間を増やしましょう」と。
その意味がわからず首を傾げると、手を下げる仕草をしながら「（レベルが）落ちてきているので、訪問時間を増やしましょう」と。
本来ならばリハビリを中止し、訪問看護の日数を増やしている段階にあるそう。そして、「お風呂は、もう無理かもしれません」と。

母に半袖を着せていたが、私達とは体感温度が違うからと言われ、長袖に着替えさせ、レッグウォーマーと手袋をはめさせた。
目やにには、軟膏を塗ってみてはと言われたが、手元にそれはない。
目が閉じないことについては、濡れティッシュを乗せて乾燥を防ぐようにとのこと。

丹下さんに「寝ているの？」と聞かれ、頷く母。
「車椅子に乗る？」と聞かれて、手を下げる仕草に「しっかり聞こえているじゃない」と2人で大笑い。
先ほどまでの張り詰めた空気が一気に和む。
心底、笑いの必要性を感じ、同時に救われた。笑顔は笑顔を呼ぶ。
いつものように「大丈夫」と言われたが、来月から訪問日を増やすと言われると、複雑な心境になる。
午後から豪雨に見舞われる中、私もヘルパーとして訪問先へ向かう。
訪問医師はじめ看護師、療法士、ヘルパーの方々も移動されていると思うと、元気づけられる。

根性見せる

7月25日（木）

　入れ歯を入れようとすると反射的に力んでしまい、歯肉にクラスプ（ばね性の金具）が引っかかり、血が出てしまった。

「痛くない？」に手を上げ答えてくれ、ホッとしてはめることができた。

　夕方、姉が手伝いに来てくれ、「ポータブルへ移乗する？」頷く。

　姉がしつこく聞き返すと、大きく頷く姿に2人で笑った。

　なんともすごい根性魂を見せられ、元気づけられる。

7月26日（金）

　丹下さんが、訪問日ではないのにパルスオキシメーター[*]を持って来てくださった。体温や血圧の低下、脈は微弱となり、今使用している測定器では、限界があると判断されたのだろう。

「食べたい物は？」と聞かれ、「プリン」と口パクで答えた。

　昼食にもプリンを食べたこと伝えると、「他には？」と問われたが、「今はプリン」とかすれた声で答えた。

　そこへ姉が来た。いつものように、2人でポータブルへ移乗させて着替えからおしもを洗う姿を見た丹下さんから、「奇跡だ。これなら大丈夫」「来月もこれまで通りでいきましょう」と言ってくれた。

　私達も母が入浴を望んでいるならば、もしも途中でなにか起こったとしても後悔しないと伝えると、きっぱり「わかりました。明日の入浴時、なにかあれば連絡ください。当番で事務所にいますから」と、母の貫きたいという選択を、心強い言葉で後押ししてもらえた。

　　＊パルスオキシメーター＝指先にはさむと簡単に血液中の酸素濃度（飽和度）を計れる（耳たぶ用などもある）。正常値は96〜99％、90％を割ると呼吸不全で処置が必要。

7月27日（土）

　パルスオキシメーターにて、97％、脈拍64。

朝から手足のむくみが見られる。
入れ歯を入れようと、口筋マッサージをするが入らない。
母へ「もう入れなくていい?」と尋ねると、頷いた。
また1つ出来ないことが増えていく、なんとも寂しい瞬間だった。

「お風呂に入る?」頷く。
入浴前の体重は、姉と首を振り、もう測定不可能だろうとやめる。
髪と体を洗い、湯船には2分弱しか浸からせず引き上げた。
なにごともなくベッドへ寝かせることができホッとする。

私の膝がサイドレール(柵)にぶつかり、呼び鈴が鳴った。
もう母の手で鳴らされることはないが、こうした少しの振動で鳴ることもある。この呼び鈴は、母がまだ元気なときに一緒に選んだもの。
母のコレクションから干支である申とダルマの小さい鈴を5つ程束ねている。申はわかるが、なぜダルマの飾り物が多いか聞いてみたところ、「七転び八起き」と一言。「何度倒れても、起き上がるっていう、あれ?」頷く。
「母そのものだね」頷く。

そんな笑い合ったやり取りが、懐かしく思い出された。
諸説あるようだが、『人は自分だけの力で生きているわけではない。周りの助けがあって生きていける』『多くの失敗にもめげず、その度に奮起して立ち直ること』。
やはり、どちらも母を言い表しているよう……。

夕食に「プリンを食べる?」首を振る。今日の気分は、クリーム系がいいらしい。食のこだわりに、なんとも笑えてくる。

最後まで母らしく…

左眼球が白くなって見られ、眼球はほとんど動かず瞬きもしない。
　見ていられず、濡れティッシュを当ててからタオルをのせた。

7月28日（日）
　冨永先生がたびたび、陣中見舞いを送ってくださる。
　今回は、偶然にも母が愛用している肌掛けの色違いが入っていた。
　他には、足首ゴムのゆるい靴下やタオル、梅干し、佃煮、プリンとさすがに介護の大先輩。しかし、なぜかサランラップまでもが入っていたのには驚き、母にも見せて笑ってしまった。

7月29日（月）
「誰の誕生日？」「父さん」と口パクで答える。
　療法士佐竹さん訪問。「先週より元気になりましたよ」と報告すると、「よかった」と体を擦ってくれた。

　夕食前、「知恵」と声にならない声で、呼ばれた気がした。
「今、呼んだ？」と駆け寄ると、頷いた。
　もう名前は呼んでもらえないと諦めていたから、余計に驚かされた。
　排尿を教えてくれたらしい。

7月30日（火）
　医療者、介護者の訪問がある午前中は、その訪問前に家事を終わらせておきたいと思っているが、なかなかそうはいかない。
　今朝もギリギリ、口腔ケアが終わったところへ、丹下さんが到着された。「今朝の反応はどうでしたか？」と、珍しく笑顔が見られない。
　なにも答えられずに焦る。
　母に食事をあげながら、台所へ行ったり、ベランダへ出て洗濯物を干したりと慌ただしく動き、心ここにあらずだったのでは…とハッとした。

　脈の変動がみられ、反応も鈍いよう。一瞬緊張が走る。

むせ込みに対して、声を大きく咳払いするよう促され、次第にむせは治まり、落ち着いてきたよう。

久しぶりに眼球が動いたのを見て嬉しくなったのも束の間、「ポータブルへの移乗は、もう無理かもしれません」と言われた。

それでも「自分のために降りたいの？」と聞かれ、頷く母はどこまでも強気だ。「車椅子に乗る？」と聞かれて、頷いた。

いつもと変わりないと安心していたが、玄関先で丹下さんから「確認ですが、吸引はしないんですよね」と聞かれて頷いた。

「会わせたい人がいたら、いまのような反応のあるうちに会わせてあげてください」と。どうやら、その「時」が差し迫っているらしい。

姉にその旨を伝えると、「そうなんだ……」と。
「生前葬でお別れしているから、もういいよね」と言うと、頷きながら「これから意識が遠のく姿を見ていくのは辛いから、朝起きたらポックリ逝ってくれていたらいいね」と、不謹慎にもそんな話をした。

　　　総食事量 370kcal。総水分量 230g。総尿量 152g。

7月31月（水）
療法士の森永さん訪問。体温を何度も計り直している。
「車椅子に乗りますか？」と聞かれて、手を振り断っていた。
終了時には、いつも森永さんが記録用紙に印を押し、「印鑑押させてもらいました」と母に見せて確認させるのだが、今日は疲れているようで反応は見られなかった。

区役所へ行き、来年度の難病指定申請の更新手続きをする。
その後、Yクリニックへ行き、山口先生から目の軟膏の処方箋をいただいた。
先生へは、「お風呂もポータブルトイレも、本人の思うようにさせてあげるつもりです」と伝えると、「そうしてあげてください」とのこと。来月の訪問日を確認して失礼する。

会わせたい人がいたら…

山口先生へ思いを伝える

夕食前、「知恵」とかすかに声が聞こえた。「今、呼んだ？」頷く。
　顔をのぞくと「おしっこ」と、言われたところへ姉が来た。
　今日も眼球が動き潤いを感じられ、感激している私に「写真、写真」と言われてシャッターを切った。

「ポータブルに立つ？」頷く。母は姉の肩に手を乗せ、私は母の腰に手を添える。そこには「かまってほしい」「かまってあげたい」という想いが交錯しているよう。
　そして「奇跡、奇跡」と2人で言いながら、手際よく済ませる。
「夕食は、おやつに食べられなかったプリンにする？」頷く。
　手足のむくみがいつになく強く見られた。
　　　総食事量 257kcal。総水分量 230g。総尿量 246g。

8月1日（木）
　いつもの時間に起きない。今日はなにも予定のない日。
　とりあえずパルスオキシメーターにて、体調チェックする。
　パッドを交換し、着替えをさせてから、そのまま寝かせた。

　エントランスの植木に水やりをしているところへ、姉が来た。
「まだ起きてこないの。起こしてきて」とお願いすると、体を揺さぶっても起きなかったらしい。
　部屋へ戻り、寝返りをさせると、枕カバーが濡れて汚れている。
　ただのよだれではないと気づき、口の中を見ると、びっしり痰のようなネバネバした粘液が見られた。
　すぐに看護ステーションへ連絡をし、「丹下さんへ伝言をお願いします」と、今の様子を報告する。
　しばらくして、折り返し丹下さんから「近くにいるので、今から伺います」と連絡をいただいた。
　起きられなかった原因は、低血糖症状を起こしていたかららしい。

口から痰？

いつもなら真っ先にそのことを疑い、血糖値のチェックをするはずなのにと自分を責めた。

　すぐにハチミツと「ＯＳ－1」をあげると、ひなどりのように口をパクパクさせた。喉が渇いていたよう。
　あのまま気づかずにいたら、昏睡状態に陥ってしまったのだろうか。
「大丈夫、大丈夫」と丹下さんに言われ、落ち着きを取り戻す。
「なにかあったら夜でも連絡ください。今週は当番でいますから」と、お守りのような言葉をいただいた。

　朝昼兼用で食事をさせる。喉ごしのいいスルッとした物を食べてほしいのだが、母の希望は、やはりクリーム系のドロッとした物だった。
　あまりの勢いのいい食べっぷりに、先ほどの心配が嘘のようで笑ってしまう。
　食後しばらくして寝返りをさせると、また枕カバーが濡れている。
　少し吐いているようで、背中を擦る。
　おやつにはカロリーメイトゼリーを３口程食べるが、むせ込んでしまい、疲れて寝てしまった。

　夕方、丹下さんから連絡が入った。
　今朝の様子を山口先生へＦＡＸにて報告してくださったそう。
　そして、最後に水分補給を小まめにあげるようにとのこと。
「丹下さんから、心配して電話がかかってきたよ」と声をかけながら、早々に水分補給をさせる。
　寝返りをさせようとした際、両足のむくみが見られ「だっこちゃん」を置いて、足を上げた。

　18時、いつものように姉が来てくれる。
「ポータブルへ立つ？」の声かけに、手を振り断られた。
　さすがに気力が萎えてしまったのか、寝かせたまま着替えさせる。

両手にもむくみが見られ、両足に至っては、あっという間にこれまで見たことのないほどひどくなっていた。
　「また明日」と母の頭を撫でて、姉は出て行った。
　夕食を食べさせようとするが、口を固くつぐんであげられない。
　せめて水分だけでもと、スプーンを口に当てるが受け付けない。

　19時、「バンバーン」と部屋に響き渡る音は、横浜みなとみらいから打ち上げられる花火大会の始まる合図だった。
　「一緒に見に行く？」と聞くと、首を軽く横に振った。
　毎年、母と踊り場へ出て見ていたが、今年はさすがに無理のよう。
　姉宅から眺める花火は、濃い霧がかかり、ぼやけて見られなかった。家へ戻り、「残念、今夜は霧がかかって見られなかったよ」と伝えると、小さく頷いた。そのとき辛うじて、水分を2口飲んでくれた。
　昨日処方された眼軟膏を塗布してから、目隠タオルを乗せる。

　1時間ごとに水分補給をさせるが、22時以降は、かたくなに口をつぐみ、いらないと意思表示している。「少しは飲んでよ」と負けじと、唇にスプーンを押し付けるが、母も母で力んで開けようとしない。
　そう、根比べではいつも私が負けている。

　唾液が飲み込めずにむせている母の小さくなった体を抱き起こして、温もりを感じながらゴツゴツした背中を擦ると泣けてくる。
　いよいよ終末期に差しかかるのだと、肌で感じられる。
　こうして意識レベルが低下していく姿を見ていくのは辛い。

　目を背けることができない在宅療養を選んだことを、このとき初めて後悔する。病院ならば、弱々しい母を医師と看護師に任せて、その場を離れることができるのにと、心の中で弱音を吐く。
　兄へ「明日の休みは、必ず来てね」とメールをすると、「了解」と一言、つれない返信がきた。

そして、母の寝ている姿を見ながら、いつものように日誌を書くが、今日は涙が溢れてペンが進まない。あと1ヶ月…もつだろうか……。
　声を押し殺して泣いた。

　深夜2時、むせ込む。スポンジを入れて、口腔ケアをする。
　水分補給をさせようか迷ったが、誤嚥のリスクを考えてやめた。
　なにも声をかけず、布団へもぐり「これが最後だったりして……」と、頭の中をよぎる言葉を打ち消して目を閉じる。
　　総食事量 180kcal。総水分量 130g。総尿量 177g。

8月2日（金）

最後の日

　6時半の目覚ましで起きる。テレビをつけ、カーテンを開ける。
　便の臭いに、昨日のハチミツが原因で下痢をしているのだろうと苦笑い。
　母のお腹を擦り、「おはよう」と目隠しタオルを外すと、明らかにいつもと違う目をしていた。
　今、触れたお腹や腕は温かいのに、顔だけが冷たい。
「なに、どういうこと？」と、繰り返し呟き、部屋をうろつく。

　姉に電話すると義兄が出た。「お母さんが冷たい」と一言。
　すぐに姉が「お母さん」と、駆けつけて頭を撫でた。うろついている私に「泣く前にやることをやる。先生と看護師さんに連絡したの？」と。
「してない。話せない。かけて」と言うのが精一杯。
　山口先生には、姉からかけてもらう。
　少し落ち着き、看護ステーションには私から電話をかけ、留守電へメッセージを入れた。

　母のおしもをきれいにして、いつもの服に着替えさせた。
　姉は朝の支度をして、健汰を送ってからまた来るからとのこと。
「あとは1人になるけれど、よろしくね」と部屋を出て行った。

兄へ連絡するが、起きてこない。

ご飯とお茶を用意して、義母と義兄、遥が母に会いに来てくれた。

7時半過ぎ、山口先生から「今、クリニックに着いたので、これからそちらに向かいます。念のため、警察にも連絡しておいてください。話だけで済むと思いますから」と。

「えっ、はい」とは言ったが、内心ではドキッとした。

なぜなら「死亡診断書は書きますから」と言ってくださったはず……。自宅で亡くなっても、医師に立ち合って確認してもらえれば、警察沙汰にならないと安易に思っていた。

でも確かに、24時間以内に診てもらっていないのだから、当然のことと諦める気持ちで、言われた通りに連絡をする。

同時に葬儀屋にも一報する。

◇情報◇　在宅で迎える終末期

24時間ルールとは、医師法20条には、「医師は、診療中の患者が受診後24時間以内に死亡した場合は、死亡に立ち会わなくても死亡診断書を交付できる」と書かれています。これが、在宅死を妨げる大きな誤解のもとになっているのです。誤解の原因は、この条文を「24時間以内に診察していなければ、死亡診断書を発行できない」と解釈するからですが、どこにもそんなことは書いてありません。したがって、自宅で死ぬと不審死扱いになり、警察が介入するという風説は間違いです。かねてからお願いしておいた往診医（かかりつけ医）に来てもらい、死亡を確認してもらえれば、なくなった後からでも死亡診断書を書いてもらえます。

◇情報◇　医師法第20条について

http://www.hi-ho.ne.jp/okajimamic/m411.htm

医師法第20条と在宅医療。厚生省は、このへんの問題に対して、昭和24.4.14医発385号医務局長通知によって説明している。

死亡確認

　山口先生が到着し、母に手を合わせて礼をしてくださった。
「頑張りましたね。8時15分、死亡を確認しました」と。
　朝日の差し込む部屋で、とても静かに、その「時」を告げられた。
　81歳…なんとも母らしい終わり方。
　不思議ともう涙はなく、落ち着いて先生に報告ができた。
「昨日、丹下さんからFAXをいただきましたが、急なことでしたね。看護師さんに連絡入れましたか？」と聞かれ、「はい、でも留守電でした」と答えると、首を傾げる仕草に、時間外の緊急連絡先へかけていないことに気がついた。動転というのは、こういうことかと……。
「警察へ連絡を入れてもらったのは、前回往診に来ているのが、7月18日であり、13日も経っています。後に、色々な面（保険など）で、裁判沙汰にならないように立ち合ってもらったほうがいいと思われ、連絡してもらいました」と。山口先生から説明されると、適切な対応であったことがわかり、心のざわつきは消えていった。

警察官とのやりとり

　そこへ見るからに、20代の新米と思われる警察官が部屋へ入るなり、母のことなど見向きもせずに「後から刑事が来ますから」と。
　山口先生から一通り説明が終わり、「9時から診察なので、これで失礼します。死亡診断書は私が書きますから、なにかあれば連絡ください」と言って、出て行かれた。

　直後にインターフォンが鳴り、モニターに警察官が映っていた。
　このタイミングだとエントランスで先生とすれ違うだろうと、共同玄関の解除ボタンを押した。
　刑事といえばスーツ姿と思っていたが、玄関に立っていたのは、警察官2人と鑑識官と思われる2人が、首からカメラをぶら下げ、大きなジュラルミンケースを担いで入って来た。

　母に一礼してくれた警察官Aが、「今、先生にお話を伺いました」と。そして、新米警察官より身元から状況を説明するが、なんともたどたど

しく、合間あいまに私が捕捉して伝える。
　警察官Aから「で、死因は？」と聞かれ、新米警察官と私は首を傾げると、「一番肝心なことを聞かないでどうする」と怒鳴られた。
　既往歴*からして、警察官Aより「要因は、パーキンソン病によるものですか」と聞かれ、「いいえ、パーキンソン病は直接の死因にはならないと言われています」と言うと、今度は警察官Aが首を傾げた。
「病によって歩行困難となり、転倒して頭を打ったり、飲み込みが悪くなり、誤嚥性肺炎にかかってしまうことが主な原因と言われていますが、母の場合は……」と沈黙。

　＊既往歴＝過去にかかったことのある病気やケガ（既往症）、受けた治療、処置、手術などの覆歴。

　山口先生と連絡が取れ、「呼吸不全」と診断がついたよう。
　そして初めて、警察官Bが話し出した。「実は自分の父親もパーキンソン病でした。最終的な原因は、心不全でした」と。
　なぜ先ほどの話題にフォローしてくれなかったのかと思ったが、警察官が先走って話をするわけがないかと、１人、妙に納得する。

　警察官Aより「昨日、看護師さんに看てもらえてよかったですね。日誌と照らし合わせ、事件性はないとみてこれで引き上げます」と。
　またそこへタイミングよく、警察官と丹下さんが玄関ですれ違いに部屋へ来てくれた。
「なおえさん頑張ったね。でも早かったね」と、体を擦ってくれた。

　そこへまたインターフォンが鳴り、警察官Aがモニターに映っている。「何度もすみません。上の指示により、写真だけ撮らせてもらってもいいですか」と。
　部屋に入ってしばらくすると、シャッターを切る音が聞こえてくる。
　丹下さんに夢中で昨日の様子を話していたからか、その音も気になら

なかったが、もしも、この場に居合わせてくれなかったら、完全に心は萎えていたに違いない。最後の最後まで、丹下さんに救われた。

警察官Aが戸を開けると、そこには汗だくの4人が立っていた。

「写真を撮らせていただきました。お体きれいでした。あの体で床ずれもなくて驚きました。よくみられたんですね。改めて事件性はないということで失礼します」と。

思わぬ衝撃的な展開に、正直、避けられるものなら避けたいと思ったが、人ひとりが自宅で亡くなることに対して、これくらい当然のことなのかもしれない。

今回のことを検案というのかはわからないが、冷静でいられたのは、警察官の対応が親切で丁寧だったからかもしれない。

もちろん山口先生と丹下さんが、偶然にも警察官と対面してくれたことで、更に事がスムーズに運んだとも思われる。

葬儀屋到着

丹下さんから「着せたい服はありますか」と聞かれ、迷わずクロゼットから、ビロードの黒服上下を差し出した。

そこへ今度は葬儀屋から、富永さんと、初めてお会いする大田さんが来られた。母の最後のケアをしたい気持ちもいっぱいだが、こちらも火葬の日程を早急に決めなければならない。

牧師先生へ連絡をし、日時が決まったところへ姉が来た。

葬儀内容は、事前にほとんど打ち合わせを済ませてはいたが、棺と霊柩車はまだ決めていなかったため、一緒に選んだ。

母のことが気になり何度も様子をうかがっていると、大田さんが「後は書類を書くだけですから、どうぞお母様を見てあげてください」と。

着替えとお化粧を終えた姿は、亡くなっているとは思えないほどに肌艶がいい。

ケアマネ本多さんも立ち寄ってくださった。

「すごい生きざまでしたね。いい勉強させてもらいました。知恵子さん

もこの経験を生かしてね」と。
　本多さんには、ここへ引っ越して来て約4年半担当していただき、症状に合わせたサービスを常に提供してくださった。
　母のことを「介護職の先輩」と言って、よく立ててくださったことも感謝したい。また、私への精神面にも気を配っていただいたお陰で、倒れず、病むこともなく元気でやってこられたと思っている。
　なにより山口先生を薦めてくださり、相性の合う介護スタッフと医療スタッフの手配をしてくださったことが、安心と安全な環境に整えられていったと思っている。
　大切なご縁を幾つもありがとうございました。

　2人が帰られてから、ドライアイスをセットし始めると、赤いバラをはじめユリやトルコキキョウなどの鮮やかにアレンジされた花が届いた。
　そして、姉と2人になる。「じゃ、あとやることは親戚に連絡をして、あなたもお昼を食べなさい」と。
　そう、起きてから飲まず食わずでいたが、お腹は空いていない。
　親戚へ連絡したあと、一段落しようとテレビをつけて、コーヒーを入れトーストを焼く。その香りが、隣の母のいる部屋にまで充満する。
　いつもとなんら変わらない日常生活を感じられるほど、穏やかである。

　母が誰よりも気にかけていた兄が来た。
　仕事が休みで駆けつけられるなんて、なんとありがたいことか。
　そして、梓沙と彼も仕事が休みで、前々から予定していた新車の搬入手続きを終えてから来てくれた。
「まさかこの日にね」と不謹慎だが、皆で笑ってしまった。
　夕方、T事業所から、上原さんとヘルパー勝田さんが来てくださった。
　上原さんはケアマネと共に、母の変わりゆく姿を見守ってくれた方であり、若いのにとても頼りになる存在であった。
　勝田さんも若くて元気な方だが、母のペースに合わせて物静かに接してくれた方であり、気が合ったよう。

「本当にお世話になりました」と挨拶をした。

夕食は、姉宅でいただいた。
義兄から「2人共よく頑張りました」と、ビールを注いでもらった。
姉と私が頑張ってこられたのは、義兄家族の理解と協力があったからこそと、お礼を言う。
宗教の違いもありながら、葬儀を自宅でやらせてもらえるというわがままを許してもらえたことにも、重ねてお礼と感謝を伝えた。

21時、三宅先生が花束を持って来て駆けつけてくださった。
母に手を合わせて一礼してくださる。
そして、母と私にも「よく頑張りましたね」と。
三宅先生は、町田にいる頃から父と母、健汰に対しても、常に見守ってくださる大きな存在であった。横浜へ越して来てからも、世田谷から仕事の合間を縫っては、お見舞いにと足を運んでくださった。

その三宅先生から「いい先生に診ていただきましたね」と。
いい先生とは、山口先生のことである。
クリニックと訪問診療を掛け持ちされ、忙しい最中、延命を受けないと言っている母に「それはそれでいいと思います」と、本人の意志を尊重していただき、最後は看取りの責任まで請け負ってくださった。
母の余生を安楽に暮らすことができたのは、山口先生と三宅先生がいらしたお陰であり、ご尽力に感謝いたします。

その晩、姉は健汰を義兄に任せて、ウチへ泊まってくれた。
日誌を見て「今日は書かないの？」と聞かれ、首を振る。
書く気にならないというより、もう経過観察は必要ないからと心の中で呟いた……。
姉は感傷にひたることもなく、すぐに寝てしまった。
長い長い1日だったのだから無理もない。でも私は隣の部屋にいる母

の気配を感じて、なかなか寝付くことができなかった。

8月3日（土）
　昨日は慌ただしい朝を迎えたが、今朝は笑顔で母に「おはよう」と言えた。その瞬間、母の一息を見守ってくれていたのは、神様はもちろんのこと枕元にいたウータンでもあったことに気づき「ありがとう」と言って、頭を撫でた。

　朝一番でヘルパーの岩田さんが訪ねて来てくれ、「なおえさん」と声をかけてくださった。経験を積まれた岩田さんならではの食べさせ方やコミュニケーションには、見習うべき点が幾つもあった。
　そして飼い猫のミーちゃんの話は、母の楽しみでもあったよう。

　その後、いつも笑顔の丹下さんが、部屋へ入るなり泣いてしまった。
　約9ヶ月、山口先生と共に診てくださった。
　山口先生の話では、丹下さんの報告書はいつもびっしりと書かれ、FAXされてくるとおっしゃっていた。

　愛情一杯に接してくださるからこそ母の心情を読み取ることができ、その声を私達にたくさん伝えてくださった。
　そして、死期が近づいていることを知らせてくれたことで、私達の心の準備も整えられていったと思われる。
　私が本を書きたいと強く思うようになったのは、丹下さんを通して教えてもらったことや、訪問看護師さんの働きを多くの方に知っていただきたいという願いも込められている。

　その丹下さんから「ぜひ看護師になってほしいな」と言われた。
　もちろん冗談だろうが、「無理、無理」と手を振る。
　母を亡くしたことは悲しいが、今後、丹下さんに会えなくなるかと思うと、更に悲しみが深くなる。

「お世話になりました」と頭を下げた。

8月4日（日）
　この日も親戚や、母の親友の小嶋さんと寺嶋さんが来てくださった。
　従妹の娘が「ジャンケンしたおばあちゃんが死んじゃったの？」と言ったそう。生前葬で触れ合えたからこそ、彼女の記憶に残ってくれたという証しであり、式をして本当によかったと思えた。
　もう1つそう思えたのは、皆さんが喪服ではなく平服だったこと。
　改まってお別れというより、「顔を見に来たよ」の感覚でもあり、とても和やかな雰囲気に包まれていたことが嬉しかった。

　そこへ、姉の職場の社長と娘さんも来てくださった。
　誰一人として泣いている者はなく、まるでお茶会をしているような賑やかさに驚かれたかもしれない。
　社長が姉に「お母さんが『ありがとう』といってるわよ」と言ってくださったそう。後で「涙が溢れそうだった」と話してくれたが、まさに私達にとって一番の誉め言葉である……。

8月5日（月）
　前夜（午後からの）式は、牧師先生ご夫妻と姉家族、兄と私のみで行った。
　牧師先生からは「今日は人生の卒業式」であるとのこと。
　また「和やかで晴れやかな式でした」との言葉に、他人が聞いたら少々驚かれるコメントかもしれないが、私の心境も晴れやかであった。

　式後、まだ顔を出していなかった親戚が、仕事の合間や終えてからも立ち寄ってくれた。まるで打ち合わせでもしてくれたかのように、家族ごとに時間がかぶることもなく、母とのお別れと近況報告まで、ゆっくりと話すことができた。
　こうして、それぞれの都合で気兼ねなく来られたのも、やはり生前葬を行っていたからだと思われる。

前夜祭（家族葬）

その晩、兄はウチへ泊まった。「知恵子の人生、犠牲にさせたね」と深刻な面持ちに、「そんなふうに思ってたの」「私1人で抱え込んでいたわけでもなく、こうしてきょうだいに支えられてきたんだから」と笑ってしまった。いや、笑わざるを得なかった。
　確かに「犠牲」という言葉は重すぎる。
　仕事を辞めたことや結婚を選択しなかった理由を、介護のせいではないと言い切れないところもある…。
　しかし、私の力ではどうにもならなかったところで好条件が重なり、恵まれた環境であったことを、今の兄にはわかってもらえないだろう。兄の悲嘆は、離れていたぶん関わり方も違って当然のこと。棺の小窓ではなく蓋ごと開けて、母の顔を触り、声を上げて泣いていた。
「最後だからいいじゃん」と言い、蓋を開けっ放しにして、電気をこうこうとつけたまま寝ると言ってきかなかった。

8月6日（火）

告別式

　告別式。部屋には「アメイジング・グレイス」（聖歌229）を流す。
　兄は、母が生前に書いていた会葬式の挨拶状を読む。
「これから母、なおえの告別式を始めさせていただきます。
　一つ前もってご了承いただきます。
　生前、自分はお墓もいらず、お葬式もしないと申しておりました。
　その希望に添って、身内のみのお別れとなりました。
　母に最も相応しい旅立ちを応援する会にしたいと思います。

　悲しみを越えて楽しい思い出話になれば、心置きなく天国へ行かれるでしょう。
　そう皆様に送ってくださるよう、お願い申し上げます。
　　　　　　　　　　　　　　　　　　子供一同
　尚、遺骨は大社の海へ散骨を希望　　なおえ　」

そして姉は、今さっき書いたという手紙を読み始めた。
母への感謝と私への労いも書かれてあり、涙をこらえた。

私は母が購入していた本「千の風にいやされて」の中から、詞を朗読する。
『今日は死ぬのにもってこいの日』
　今日は死ぬのにもってこいの日だ。
　生きているものすべてが、わたしと呼吸を合わせている。
　すべての声が、わたしの中で合唱している。
　すべての美が、わたしの目の中で休もうとしてやって来た。
　あらゆる悪い考えは、わたしから立ち去っていった。
　今日は死ぬのにもってこいの日だ。
　わたしの土地は、わたしを静かに取り巻いている。
　わたしの畑は、もう耕されることはない。
　わたしの家は、笑い声に満ちている。
　子どもたちは、うちに帰ってきた。
　そう、今日は死ぬのにもってこいの日だ。
　　（ナンシー・ウッド著　金関寿夫訳　めるくまーる刊）

初めてこの詩を読んだときは、軽々しく「もってこいの日だ」などと言えるのだろうか、思えるのだろうかと共感できなかった。
しかし、実際に亡くなったあの日は、まさに母が決めた「もってこいの日だ」と感じられた。
もちろん息を引き取った瞬間を気づいてあげられず、逝かせてしまったことに罪悪感を感じている。けれど、その「時」が日中だったとしても、気づいてあげられたのかは定かでない。
当然のことながら自宅に心電図があるわけではない。
普段から起きているのか、寝ているのかわからないのだから、呼吸が止まる瞬間を見極めることなんて出来なかっただろう。
以前から姉には、「もしも、その時に立ち会えなかったとしても、誰

もあなたを責めないよ」と言ってくれていた。

　兄にもその一瞬に立ち会えなかったことを、嘆かなくてもいいと伝えてあげよう。

　献花は、母の好きな赤いバラ。
　部屋に飾られていた花も、一緒に棺の中に添える。
　最後にゆっくりとお別れができた。
　後で、葬儀屋の大田さんより「本来バラは棘があるので……」と言葉を漏らされた。献花には適さない花のようだが、そこは配慮されて、棘は取られていた。尖った棘は指に刺さるからか、人の心をさすとでも連想させられるからだろうか……。
　もしも、打ち合わせの段階で知ったとしても、バラを選んだだろう。

火葬

　火葬を終えた骨を見たときは驚いた。
　体重20kgを切り、貧弱な母が、骨となった今は力強く見られた。
　これまで幾度と火葬に立ち合われた諏訪牧師先生までもが、驚かれるほどのものだったよう。
　案の定、骨壺に入りきらず、仕方ないなりに、忌み箸でぐいぐいと押さえ込まれながら、丁寧に崩して納められた。
　生命の力強さは、魚屋に生まれ育ったこの骨が、源だったのではないかと思われる。

最後に集められたわずかな粉骨は、小さな器に入れてもらう。
これも生前に「骨壺用」と渡された器だった。
出雲市内の窯で焼かれた物で、きれいな藍色に一目惚れをして購入したらしいが、当時、手にした瞬間、笑ってしまった。
なぜなら、スプーンを入れる穴があり、明らかに砂糖入れだったからだが、そんなことはお構い無しというのも、なんとも母らしかった。

9月3日（火）
あれから1ヶ月、療法士の佐竹さんと森永さんが訪ねて来てくださった。
2人には約2年半、お世話になった。
リハビリといえば本来、体の機能や日常生活を送る上で、必要な機能回復をサポートしてもらうのだが、母の場合は、寝返りのできない体を動かしてもらい、汗ばんでいる背中に風を通してもらいつつ、優しく触れられて気持ちよかったに違いなく、亡くなる2日前まで受けさせてもらえていた。

2人の話では珍しいケースのよう。なぜならあの状態では、訪問看護によるケアが選択されているはずであり、請け負っている利用者が、即亡くなることはないのだろう。
2人にとってはショックだったかもしれない。
しかし、母の意志でリハビリを選択したことに対して、「うれしかった」と聞くことができ、こちらも救われる思いであった。

最後までリハビリを続けたいという思いは、自分自身のため、私達のためでもあっただろうが、こうした2人の接し方や人柄に癒しを感じられていたからかもしれない。

納骨式

10月1日（金）
納骨式だというのに生憎の雨。町田にあるお墓へ、牧師先生ご夫妻と

親戚、姉家族に集まっていただいたが、式の間は雨はやんでいた。

　三宅先生にいただいた「慈母衣」。
　　慈しみのぬくもり
　　母に抱かれし安らぎを
　　衣にたくして
という想いが込められた、絹の布に遺骨を包む。
　父の隣に置いた瞬間、私の手の甲に凹凸を感じられた。
　父も「慈母衣」に包んだが、9年では、まだ土に還っていないよう。
　2人が愛用していたカップに、お酒と水を注ぎ入れ、讃美歌を歌って式は終わった。

　会食のため、車で移動を始めると、瞬く間に雷雨となったが、店を後にするときにはもうやんでいた。
　まるで母が見守ってくれているよう…などと、こちらに都合よく解釈をしている私達は、能天気なのだろうか。

10月28日（月）

島根へ

　姉と健汰、兄と4人で母の故郷、島根県へ出発した。

　旧暦10月は、神無月と称される。
　この月に神々が集まる出雲では神在月と呼ばれ、神事が行われて縁結びをはじめ、様々な事柄を相談するといわれている。
　この期間は神様の邪魔にならないようにと、地元では騒がしいことは避け、静かに過ごすのが慣わしのよう。
　一部の人からは遷宮年でもあり、またこの1年は喪に服すべきとの声もあったが、最終的にはきょうだいと話し合い「行かれる時に行こう」と判断してやって来た。

　レンタカーを借りて日御碕灯台へ向かって走ると、断崖絶壁が続く先

に漁船が一艘、浜に上がっているのを見つけて車を降りてみる。

　浜へ降りるのには、古びた建物の脇を通り抜けなければならない。

　足場の悪い小さな浜へ出ると、静かな浜に3人の意見が一致し、この場所に散骨することを決めた。

　今降りた岩場を振り返ると、建物にはさびれた看板が見られ、大浴場とレストランがあるらしいことがわかった。

　ガラス越しに、お客さんらしき人影が見られ、「まずは腹ごしらえをしてから」と、姉はさっさと健汰を連れて上がって行く。

　兄は「デートだったら絶対に入らない」と言って苦笑い。

　入口には、有名グルメレポーターの色紙が1枚貼られており、少し安心して席へ向かうと、正面には青一色の海の絶景が広がっていた。

「日本海の海の幸」母の大好物を、まるでお供物だねと言っていただいた。

　店を出ると、山裾一面に咲いている花から、姉が一輪だけ摘んで来た。

　鮮やかな黄色い花、葉は横広に厚くて光沢がある。

「地の花だからいいよね」と、どうやら粉骨と一緒に流すらしい。

　いざどうやって海へ流すか考えていると、兄が「これに入れよう」と、サザエを拾い上げた。辺りに転がっている中からきれいな貝を6つ選んで並べ、粉骨を等分して入れる。

　それを岩場の先まで持って行き、ぽとっと落とす。

散骨

　貝の中から気泡と共にキラキラと粉骨が広がり、想像以上に神秘的であり、思わず「わー」と声を上げてしまった。

　母のたっての願いが叶えられて感無量。

母　平成25年1月〜11月

翌日は、父の故郷である広島県竹原市へお墓参りをする。
　近くの浜へ立ち寄り、父が幼いころ泳いだだろう瀬戸内海を眺めていると、雲っていた空が一瞬晴れ渡った。
　太陽の光が屈折し、波打つ水面を見ていると心が洗われるよう。

　これまでは、お墓参りだけに帰省していたが、今回は広島城や原爆ドーム、厳島神社まで観光し、ご当地のご馳走もたくさん食べられた。
　最終日は、福岡県の伯父さんと伯母さんに会いに行く。
　長男であった父は、伯父さんを慕っていた。また伯母さんからは、毎年、丹精を込めて作られた葡萄を送っていただいていた。
　そんな2人は、両親にとって心の支えとなる存在だったと思われる。
　こうして両親の足跡をたどる、4泊5日の有意義な旅を終えた。

　最初で最後かもしれないきょうだいの旅には、道中、色々とハプニングがあった。

　きょうだいだから言い合えること、あえて言わないでいること……。
　どちらも根底にあるものは、「親しき中にも礼儀あり」という、心を読むこと、伝えることの大切さを忘れてはいけないということ。
　そう学ばされた収穫の多い旅であり、なにより両親からのご褒美の旅でもあった。

　後日、海へ投げた花を調べたところ「ツワブキ」といい、花言葉は「よみがえる愛」とあり、信仰の深さを感じられずにいられなかった。

11月2日（土）
　旅から帰った翌日、商店街でヘルパーの岩田さんにバッタリ会った。
　島根の報告をすると、「あなたの顔見ていると、お母さんが「ありがとう」と言っているのが伝わってくるわ」と。

社長に続き、嬉しいご褒美の言葉をいただいた。

好条件と遺書

　母の看取りについて、多くの方々に稀なケースだと言われてきたが、色々な好条件が重なり、自宅でみられることができた。

・金銭面では私が仕事を辞めても、父の残してくれた貯金と母の年金、きょうだいからの援助が得られたこと。
・信頼できる医師、看護師、ケアマネージャーに出逢えたこと。
・病による処置や治療を受けていなかったこと（胃ろう、点滴、尿カテーテル、吸引、透析など）。
・結婚していない私は、母だけの面倒をみるだけでよかったこと。
・協力者となる姉がそばにいてくれたこと。
・遺書があったことできょうだいの想いは、ぶれずに貫くことができたこと。

　遺書については、きょうだい以外から「なにも全てその通りにしなくても」とか「残された者の思うようにしたらいい」という声もあった。
　そう、本人の想いとは裏腹になる場合もあるかもしれない。
　最終的に実行するかしないかは、残された方の想いや事情をくみ取り、判断を委ねるしかない。
　それでもああすればよかった、こうすればよかったと後悔しないためにも、できる限り相手の気持ちを尊重してほしい。きっとそこには、本人のわがままだけではなく、残された方が戸惑わないようにと、一生懸命考えられた願いでもあり、覚悟も込められているはず……。

　母が逝ってから、ますますエンディングノート*や遺言書*の重要性と必要性を強く感じている。
　さて、私の看取りは誰がしてくれるのだろうと身の上を案じると、稀なケースはあり得ず、期待もできない。

母　平成25年1月〜11月

人様を頼ろうと（最低限はしょうがないとして）考える前に、まずおひとりさまである「終わり方」を見つめることから始めよう。

　＊エンディングノート＝自分の終末期や死後のことについて、家族や友人に伝えたい事柄を記録したノート。法的な拘束力なし。

　＊遺書＝①死後のために残した手紙や文書。　②後世に遺した著書。　③諸所に散逸した書物。

　＊遺言＝①死にぎわにのこすことば。いげん。ゆいごん。②（法）自己の死亡後の財産や身分に関する事項を定める要式の単独行為で、死亡によって効力を生ずるもの。

あとがき

丹下万由美さんより〜

　なおえさんとの初めての出会いは、「食事がとれなくなり、以前から入院や管での栄養はしない」と決めていたなおえさんの意思を尊重するため、主治医の先生から「今の状態は脱水によるものなのか。病気の進行によるものなのか。判断したいから点滴をしてほしい」との指示が出され、訪問したことから始まりました。

　もちろん、延命処置を望まないなおえさんは、何度もご家族に嫌だと訴えていましたが、医師の指示で訪問している私には、かすかにしか出さない声で挨拶していただきました。しかも、初めての訪問なのに「万由美さん」と名前まで覚えてくださっていました。

　病気が進行し食べられなくなっていることがわかり、延命も医療処置もしないと決めている状態では、本来ならば私の訪問は終了でした。

　しかし、それからご逝去される日まで、いいえご逝去された後の今でも、稲生家と私の関係は続いています。

　本を読ませていただき、ふと思い出したことがあります。

　生前葬も済ませ、病状としてはとても厳しい状態からのお付き合いだったにも関わらず、一度も笑わずに帰ったことがありません。

　ご自宅を出て駐車場に向かう時、私はいつも笑っていました。

　次の訪問が楽しみでした。

　声が出せなくなり、大きく口を動かせなくなっていたなおえさんですが、それでも自分の意思をしっかりと伝えてくれる強さがありました。寝たふりをしながらでも、「そうこれっ」と思うときには返事をしてしまうというユニークさも、ずっとずっとなくさないでいてくれました。訪問すると必ず、最後にお会いしたときまで「万由美さん」と呼んでくれました。

そしてなおえさんが亡くなった今、稲生家とのお付き合いの中でも、別れた後いつも笑いがこみ上げてきます。また会いたくなります。

『名前を呼ぶことでいつもあなたのことを思っていますというメッセージを伝えていたのかもしれない。』と本にありますが、会っている時もそうでない時も大切にされているように感じる、それがなおえさんのそして２人の娘さんに繋げた、人との関わりではないかと思います。
　短い期間の訪問でした。看護師として何もできなかったように感じます。なぜならば、説明すると次の訪問では私がする必要がないくらいにしっかりと継続してくれていたからです。
　少し話がそれますが、私は食事が大好きです。好きなだけあって食事介助だけは多くの人に褒められます。一番自慢できる看護業務です。
　ですが、私よりも娘さんのほうが上手でした。
　いつも一緒にいる知恵子さんならばわかります。お手伝いしている回数が多いのですから。ですが、恭子さん（お姉ちゃん）も私よりずっと上手でした。完敗です。
　親子の繋がりを感じました。このことは、私の訪問看護師に対する考えを大きく変えました。
　病院看護とは違い、在宅看護は日常生活のひとつです。
　生活がそれぞれの家庭にあるように、在宅看護もそれぞれの家庭ごとに異なり、訪問看護師は専門職として知識や技術を伝えるだけではなく、応援団の１人として関わらせていただくことが大切なのだと思うようになりました。そう思えるくらいに、ご家族の愛情が感じられました。
　住み慣れた家で家族に看取られたい。そう思う人は少なくないと思います。しかし現実は、様々な理由で病院や施設で最期を迎える人のほうが多いのでしょう。そのどちらかがいいとも言えないというのが私の考えです。
　なおえさんは早くから自分の意思を伝え、ご家族はその意思を尊重するための方法を考えながら、協力していらっしゃいました。
　今振り返っても最高の看取りだったと思います。ですが、その間たく

さんの苦悩や困難があったことは本からもわかります。

　本に書かれていない思いは、もっともっとたくさん、強くあったに違いありません。最期のお迎え方は、それぞれの家庭、それぞれの人が悩んで考えて選択していくものなのでしょう。

　その中で、もしも少しでも関わらせていただくことができるのであれば、なおえさんやご家族に教えていただいた、看護師は応援団ということを忘れずにいたいと思います。

　一生懸命で、たくさん頑張っていた知恵子さんに「眠れていますか」と聞いた時のお返事が今も忘れられません。「すっきり目覚められているから大丈夫です」。最高に素敵な人だと思わずにいられませんでした。
．人と会うのは偶然ではなく必然といいますが、辛いなと思う時いつもこの言葉を思い出します。

　なおえさんとご家族にお会いできたことで、座右の銘も見つけられました。そんな素敵な出会いでした。

　これが私の本を読んでの後書きです。

　へっと思われても仕方ありません。何回も読ませていただき、回数を重ねるごとに読むのに時間がかかりました。

　なおえさんの根性と優しさが感じられました。

　なおえさんはすっごくわがままでしたね。でも、最高にわがままが言える家族の中にいられる時間を楽しんでいたように感じられました。

　だから、私も幸せを感じていたんですねぇ。

最後に

母が逝って3年……だいぶ時間が経ってしまいました。

原稿を進めれば進めるほど、誰が人の日記に興味を持つのだろうと思うようになり、自己満足ならば今すぐやめてしまおうと、中断することもしばしばありました。

また、記憶をさかのぼることは、あのときの気持ちに引き戻されたり、自責の念やゴツゴツした感触まで思い出してしまうこともありました。

その間、生前準備として身辺整理から、保険の見直しや数年使用していない通帳の整理をし、暗証番号の確認、貴重品の保管場所、アドレス帳と年賀状には関係性を書き加え、連絡してほしい人のリストも書き出しておきました。

そして、遺書には、延命や葬儀についての意思を書き記し、きょうだいに渡しておきました。

こうした想いを伝えられず、ある日突然逝ってしまったら……。

ご本人の無念も去ることながら、ご家族のショックや悲しみは、どんなに深いものなのでしょう。

しかし悲しんでばかりはいられず、すぐさま葬儀の手続きから、3ヶ月までに行わなければならない公的手続きは、意外に多いものです。10ヶ月には遺産・相続税の手続きと、人ひとり亡くなることの大変さや尊さに、また直面させられるのです。そして一周忌……。

書くと、あっという間のことのようですが、ご家族にとっては、流したい涙を抑え、立ち止まっていられない感情にフタをして、過ごされる方もいらっしゃるのではないでしょうか。

実は、母が遺書を書いたきっかけを知りません。

あとがきを書こうとしたとき、ふっと手に取った「千の風になって」

の本が2003年11月発行とあり、遺書が書かれたときと同年月であることに気付き、感化を受けたのではないかと、答えをみつけられた気になっています。

　この詞は、風・光・雪・鳥・星といった、亡き人が自然に姿を変えて「いつもあなたを見守っています」というメッセージが込められているようです。

　大切な人の好きな花や風景など、自然からそう感じられる心を持てると、気持ちが少しラクになるかもしれません…。

　私が、そう素直に受け取られる心のゆとりがあるのも、本書にご登場くださった方々がいらっしゃったからだと思います。

　ご連絡の取れなかった方は仮名とさせていただきました。中にはお名前をあげられなかった方もおりますが、この場をお借りして、私達親子に関わってくださった全ての皆さんに、心より御礼申し上げます。

　自費出版することを決め、色々な葛藤に苦しんでいるときに、再度この4人にピンチを救っていただきました。

　1人目は、ケアマネの本多弘美さん。介護の情報量の多さに悩む私に、母の利用したものだけに絞ればいいとアドバイスをくださいました。

　2人目は、山口先生。「稲生さんのこと、よく覚えています。あんなになにもしなかった人は初めてです。点滴をしなかったことで、褥瘡やむくみもなく、きれいな体だったんでしょうね」「実はお名前を伏せて「こんな方がいらっしゃいましたよ」と患者さんにお話させていただくこともあります」と嬉しい話を聞かせてくださいました。

　また、この病は「窒息」が一番多いらしく、一瞬にして起こりうる事故（死）だそうです。丹下さんから何度も吸引を確認されたのは、そういうことだったんですね。今思うと念のためにでも、吸引器を用意しておいてもよかったのかもしれません。そう、家族の気持ちは揺れ動くものです。

「最終的にご家族がなにもしないという、覚悟を貫けるかということでしょう」と、おっしゃられた一言に、改めて「もしも」のことを想定し、話し合っておくべきことだと思いました。

　３人目は、丹下万由美さん。母が引き離さないよう今でも繋いでくれています。あとがきについては、丹下さんから申し入れをしてくださいました。
　それほど母は印象深かったのでしょうか。ありがたいことです。

　唐突ですが、４人目の三宅毅先生は、私よりお若いんです。もちろん年齢以外に勝るものなどありません。
　そんな私に幾つもの転機を与えてくださった方であり、かけがえのない方です。
　その１つに、介護日記・日誌をつけるようにと言われてこの本が生まれました。両親の最期を記録することができたことを、改めて感謝いたします。

　湘南社の田中康俊さんには、最初の出版社で断られた私の背中を押してくださいました。そして辛抱強く待っていてくださいました。
　また、担当編集者の山野久子さんには、ど素人を相手に効率の悪い手間ばかりをかけてしまいました。丁寧に仕上げてくださったお２人に感謝しています。
　こうした信頼できる方々に恵まれ、出会えたのは、神様と両親が引き合わせてくれたものだと思っています。が、両親にとってこの本は、あまりにさらけ出されて嫌だろうに…と思ったこともありました。
　そんなとき両親が揃って夢に出てきてくれました。
　エスカレーターを笑顔で上がってくる２人。父は手を振っていました。
　言葉は交わしませんでしたが、なにより嬉しかったのは、母が母らしい元気な姿（体重約50キロ）であったことです。
　目覚めたとき私にも「ありがとう」と、ご褒美の声が聞こえました。

そして、最後まで読んでいただいた皆さんにも「ありがとうございました」と言っていることでしょう。

＊介護保険や介護サービスについて、ほんの一部しか説明できておらず申し訳ありません。利用される方は、役所高齢支援課や地域包括支援センター、ケアマネージャーにお問い合わせください。
　実は母をみている際、一番多く聞かれたことは各サービスのことや自己負担額についてでした。これはあくまでも日記であり、ハウツー本ではないので載せることを迷いました(今後の負担率が変わることも考えて)。
　それでも目安になればと思い、中途半端な情報ではありますが掲載いたしました。少しでも参考になれば幸いです。

平成28年8月　　　　稲生　知恵子

参考文献

- 中村仁一×中村伸一 『朗らかに！今すぐ始める　サヨナラの準備』（メディアファクトリー）
- 石飛幸三 『こうして死ねたら悔いはない』（幻冬舎ルネッサンス）
　　　　　『「平穏死」のすすめ』（講談社）
- 長岡美代 『親の入院・介護に直面したら読む本』（実務教育出版）
- 高橋一司、上野公子、新井保久、山田麻記子 『たいせつな家族がパーキンソン病になったときに読む本』（講談社）
- 鎌田實 『鎌田　實のしあわせ介護』（中央法規出版）
- 北村香織 『小さなお葬式』（小学館）
- 井上治代 『最期まで自分らしく』（毎日新聞社）
- 新田國夫 『安心して自宅で死ぬための5つの準備』（主婦の友インフォス情報社）
- 大田仁史、三好春樹、東田勉 『完全図解　新しい介護』（講談社）
- 三好春樹、東田勉 『完全図解　介護のしくみ』（講談社）
- 三好春樹、金田由美子、東田勉 『完全図解　在宅介護』（講談社）
- 大田仁史、三好春樹 『実用介護事典』（講談社）
- 佐保美恵子、新井満 『千の風にいやされて』（講談社）
- 野田光彦 『糖尿病　正しい治療がわかる本』（法研）
- 新葬制研究会 『自然葬』（宝島社）
- 横浜市 『介護サービス事業者ガイドブック「ハートページ2015年」』
- 服部信孝、波田野琢 『順天堂大学医学部神経学講座「このような症状もパーキンソン病の症状？」』
- 厚生労働省精神・神経疾患研究委託費「神経疾患の予防・診断・治療に関する臨床研究」班、厚生労働科学研究費補助金（難治性疾患克服研究事業）「神経変性疾患に関する調査研究」班 『進行性核上性麻痺（PSP）診療とケアマニュアル』

・星野富弘 詩画集カレンダー2013年版（企画・制作 グロリア・アーツ 発売元 いのちのことば社）
・はつらつ食品通信販売カタログ ヘルシーネット'オーエスワン'についての商品コラム内「経口補水療法」（株式会社大塚製薬工場）
・介護用品カタログ 株式会社柴橋商会

●著者プロフィール

稲生　知恵子（いなお　ちえこ）

1967 年　　東京都生まれ。
1987 年　　高校卒業後、縫製業に就職。
1994 年　　運動指導員として働く。
1996 年　　ホームヘルパー 2 級　修了。
1998 年　　市立小学校（特別支援学級）介助員として働く。
2002 年　　健康管理指導士　修了。
2003 年　　メンタルケア（養成講座）　修了。
2006 年　　タイ古式マッサージ　修了。
2011 年　　アロマテラピー検定 1 級　合格。
2012 年　　訪問介護ヘルパーとして働き、現在にいたる。

父と母の在宅介護 15 年のつぶやき
　　─両親の終わり方をありのままに日記につづりました─

発　　行　　2016 年 12 月 15 日　第一版発行
著　　者　　稲生知恵子
発行者　　田中康俊
発行所　　株式会社湘南社　http://shonansya.com
　　　　　　神奈川県藤沢市片瀬海岸 3-24-10-108
　　　　　　TEL　0466-26-0068
発売所　　株式会社星雲社
　　　　　　東京都文京区水道 1-3-30
　　　　　　TEL　03-3868-3275
印刷所　　モリモト印刷株式会社

© Chieko Inao 2016, Printed in Japan
ISBN978-4-434-22492-8　C0095
　　日本音楽著作権協会（出）許諾第 1610555-601 号